Du même auteur :

Coup de vent, nouvelle (2015)

Le destin tragique d'Irina Vieypo, grande nouvelle (2015)

Toute ressemblance avec

des personnages ou situations

existant ou ayant existé

serait pure coïncidence.

A Sandrine

1

V'là mieux ! On va héberger des anglais !
Deux collégiens. Pour être franc, je n'étais pas
vraiment hostile. A l'idée. A l'idée de
communiquer dans une langue que j'aime
pratiquer. D'accord, le but de ce genre de service
est d'obliger les jeunes à entendre et parler la
langue du pays d'accueil. Mais après tout, si
l'organisateur voulait s'assurer que l'accueillant
ne s'exprime qu'en français, il n'avait qu'à mieux
choisir ses volontaires. Un test rapide permettrait
de faire la sélection, en laissant croire que la
somme versée en dédommagement dépendrait du
niveau d'anglais des familles d'accueil : si
quelqu'un se débrouille, c'est deux euros de plus
par jour et par tête. Nul doute que chacun y
mettrait du sien pour s'exprimer au mieux dans la
langue de Shakespeare. Et que les trois quarts des
volontaires, dont le vocabulaire était limité à
ouikène, parkine et bloudjine, seraient persuadés
d'être les moins bien payés. Bien évidemment, le

classement final serait inversé, et les anglophones remerciés :

« Vous comprenez, il y a eu beaucoup de jeunes qui se sont désistés. Il y a une épidémie de gastro au collège. »

Argument infaillible, mais qui faisait prendre le risque de voir des volontaires à l'accueil décliner finalement la proposition.

Inutile de se faire tout ce cinéma ! Madame Dumoulin, responsable locale du CRASH (Centre Régional d'Accueil des Scolaires chez l'Habitant) étant trop contente d'avoir trouvé une nouvelle adresse. Bertille l'avait contactée pour des renseignements. Et lui dire qu'éventuellement, un jour, si ça pouvait la dépanner, et si la chambre convenait, on pourrait héberger deux jeunes anglais.

Vingt minutes plus tard, elle était là, à mon grand étonnement. Pas celui de Bertille, qui avait dû être un peu plus enthousiaste qu'elle ne me l'avait laissé entendre. D'ailleurs, je compris rapidement pourquoi elle s'était tant activée ces jours-ci pour nettoyer la chambre du second étage, inoccupée depuis trois ans.

« On a sonné !

-Ah ! Ça doit être madame Dumoulin. Elle

m'avait dit qu'elle passerait peut-être. »

Je l'ai laissée aller ouvrir. Trop tard pour fuir. La porte d'entrée est au bout d'un couloir long de huit mètres vingt, mesure très exacte réalisée lors de la réfection du plafond. J'aurais eu le temps d'aller chercher dans la cuisine trois canettes de bière vides et une bouteille de vin rouge que j'aurais disséminées sur la table et le buffet du séjour. Pour dissuader. Mais non ! Rien faire et laisser dire.

Une très grande et forte femme est entrée dans la pièce, d'un pas plus que décidé. Elle s'est avancée vers moi, m'a tendu une main et a serré la mienne en se présentant :

« Simone Dumoulin. »

Mon cerveau avait heureusement anticipé dès qu'il a pris conscience du type de poignée de main auquel il fallait s'attendre. Il en est de molasses, de juste bien, de fermes, très. Disons que sur une échelle de un à cinq, on était à sept, voire sept et demi. J'avais donc prévu le coup, et réussi à bloquer mes muscles faciaux pour éviter une grimace. Et ma voix pour ne pas crier. Donc ne pas parler non plus. Rien n'est sorti de ma bouche. Me restait un soupçon de lucidité pour hocher la tête. Notre visiteuse n'en a pas pris ombrage, pressée qu'elle était de repartir après avoir vu la chambre.

En trois minutes, Bertille demanda en vrac ce qu'ils mangeaient, à quelle heure le petit déjeuner, s'ils devaient contacter leurs parents, s'il fallait fournir des serviettes, d'où ils venaient, quel âge ils avaient, si elle faisait ça depuis longtemps, et d'où venait ce joli sac que madame Dumoulin portait en bandoulière. C'est cette dernière question qui a eu droit à une réponse plus développée :

« Comme vous, comme vous, non, non, de Londres, quatorze ans, oui, de chez Adosac. Je l'avais repéré à Lens, mais quand j'y suis retournée pour l'acheter, ils n'en avaient plus. La vendeuse a appelé Armentières, plus non plus. J'ai laissé tomber, et je l'ai retrouvé cet été en Dordogne, en vacances ! Vous pensez bien que je l'ai pris ! Il est joli, n'est-ce pas ?

-Je vous montre la chambre.

- Oui, allons-y ! »

Fi des conventions et de la bienséance, je passe devant. De toute façon, on ne suit pas une dame dans les escaliers. Ça m'arrange. D'abord parce que si elle est coincée, il est plus facile de la pousser vers le bas. Et qu'à supposer que je sois derrière, et que je la tire (Dieu ! Que j'aimerais trouver un autre verbe !), imaginez le carnage si je la dégage brusquement ! Et le prix de mon cercueil, en forme d'escalier !

La deuxième raison qui me fait passer devant est un autre signe de ma lâcheté. La rampe va souffrir. Elle est supportée par des balustres en bois tourné, anciens. Je les aime. Seul l'un d'entre eux a été brisé par un enfant turbulent. Je l'ai réparé comme j'ai pu. Mais si la colosse trébuche et essaie de se rattraper, je crains qu'elle ne les dégomme tous. Et ça, je ne veux pas le voir.

Nous voici au second. Soulagé. Rien de tout ça ne s'est passé. Du moins, à l'aller. Arrivés dans la chambre, Bertille se défend avant même d'avoir été attaquée :

« Voila. "On" va refaire le plafond et les murs. Les tâches datent d'avant que la toiture ne soit remplacée.

-Mais c'est très bien comme ça ! Il n'y a rien à changer ! Je vous assure ! Si vous voyiez certains logements !

-Non non ! Je ne peux pas les accueillir comme ça. "On" fait les travaux ce week-end. Il n'y en a pas pour longtemps. »

A peine remis de l'angoisse de la montée,

j'ai pris un nouveau coup au moral en apprenant qu'"on" allait refaire le plafond et les murs. Guet apens. Bertille sait très bien que je ne vais pas la contredire devant madame Dumoulin. On descend.

Il est des choses qu'on a peine à croire quand on ne les a pas vécues, tant le contraire semble évident. Je m'explique. Il est plus facile de monter que de descendre. Vas dire ça à un ventru qui crache ses poumons en haut d'une côte, il te classe d'office dans les toqués. J'avais été tellement contrarié par les travaux qui m'étaient imposés que j'en avais oublié la précaution élémentaire de la montée : rester derrière. Trop pressé de la voir partir, j'ai amorcé la descente en premier. Quand elle a loupé une marche, madame Dumoulin a eu la bonne idée de se laisser tomber sur les fesses. Sauf que, par réflexe plus que par coquetterie, elle lança son pied gauche en avant. N'importe quel footballeur qui aurait asséné un tel coup dans le dos d'un adversaire serait exclu des stades pour dix ans. Je me suis donc retrouvé projeté dans le vide. Par bonheur, il ne me restait que deux marches pour atteindre le palier. Je me suis fracassé les deux genoux sur une commode.

« Oh ! Madame Dumoulin ? Ça va ?

-Oui oui, je vais me relever. J'ai loupé une marche !

-Et toi, ça va ?

-Oui oui, la commode n'a rien. Attendez ! Je viens vous aider. »

En une fraction de seconde, j'avais réalisé que si la colosse s'accrochait à un balustre pour se relever, il ne résisterait pas. De fait, alors que je m'efforçais de remonter pour aider la malheureuse, un grand « crac » me donna raison.

« Oh ! Putain ! »

Ça m'a échappé. La dondon ne l'a pas pris pour elle. Au contraire, elle s'est confondue en excuses

« Je suis désolée. J'ai loupé une marche. »

Perspicace et redondante. Bien évidemment le « crac » fut la cause d'une nouvelle chute sur le cul.

« Ça va ? Vous avez mal ? » s'enquit Bertille, qui craignait d'être recalée pour cause d'escalier dangereux. Avec la couche de graisse qui garnissait ses fesses, madame Dumoulin risquait moins que la marche sur laquelle elle trônait.

« Oui, ça va. J'ai eu de la chance de tomber assise. »

Si l'escalier avait pu parler, il aurait vertement exprimé son désaccord.

« Mon mari va vous aider à vous relever. Donnez-lui la main. »

Mes genoux n'avaient pas encore eu le temps de réaliser ce qui leur était arrivé. Je pus donc me concentrer sur l'exercice difficile de remettre notre visiteuse en état de marche. L'inertie caractérise la difficulté qu'il y a à modifier le mouvement d'un corps : s'il est au repos, à le déplacer, et s'il est en mouvement, à l'arrêter. Cette notion élémentaire de physique implique que masse et inertie sont liées. Il me fallait donc aider à mettre en mouvement un corps très inerte, mais en dosant l'effort pour arrêter ledit corps dès qu'il serait debout. De peur de rater cette deuxième étape, je l'avais un peu accentuée. De sorte que j'ai repoussé la grosse un peu trop tôt, instinct de survie oblige. Conséquence sans surprise : elle rechuta. Je dus me concentrer à l'extrême pour la tirer convenablement. En d'autres circonstances, l'expression m'aurait arraché un énorme éclat de rire. Le deuxième essai fut le bon.

Arrivés en bas, elle semblait quand même sincèrement confuse. Elle nous assura que nous étions équipés pour recevoir les jeunes, et, pour s'excuser, nous promis de nous confier les deux meilleurs. Ils devaient arriver le vendredi soir de la semaine suivante.

Et elle s'en est allée : en voiture, Simone.

2

La mise au point avec Bertille fut brève et animée.

« En fait, t'avais tout prévu ?

-Non non ! On en avait parlé, pas vrai ? Et il n'y a pas de contrainte : ils sont en visite toute la journée. Et le matin, c'est moi qui les conduirai. »

Pas de contrainte en dehors de la salle de bains à partager, se taper la discut', et les occuper tout le dimanche vu qu'ils le passent dans les familles.

« En tout cas, elle a bien dit que la chambre, ça allait comme ça.

-Mais tu n'en as pas pour longtemps. Juste un peu de peinture au plafond et sur les murs. Et il est temps de la refaire.

-T'as une idée du temps que je vais mettre à réparer le balustre ? Putain ! »

J'étais affalé sur un fauteuil, juste à l'heure de « 28 minutes ». Une des rares émissions qui valent d'allumer le poste.

« Je pars faire des courses. Si c'est encore ouvert, j'irai voir pour la peinture et le papier. J'en ai repéré chez Kalico. A d't'al. »
Enthousiasme désarmant. Je me rends. Qu'on me foute la paix.
L'émission terminée, pour diluer toutes ces émotions, je me suis autorisé une bière. Les genoux sont lents à réagir. Mais ils savent réagir. Très fort. Quand je leur ai demandé de se plier pour que j'avance jusqu'au frigo, ils se sont souvenus qu'il s'était passé quelque chose. A deux en même temps. Et ont refusé de collaborer. De fait, une douleur sourde m'a fait grimacer

« Oh ! Putain ! »
C'est la seule expression dont je dispose pour exprimer ma contrariété. Je me suis relevé avec bien du mal, et ai avancé vers la cuisine comme un robot. Au fur et à mesure que je progressais, la douleur s'amenuisait. J'ai même réussi à me baisser pour les masser, ce qui les a soulagés. Quand j'ouvris le frigo, ce fut pour constater que le tiroir à bières était vide.
Il est de tristes journées

3

J'ai un côté madame Dumoulin pour le bricolage : inerte. Long à mettre en route, difficile à arrêter.

Au début, ça va toujours. Lessiver le plafond, le repeindre : facile ! Les peintures actuelles sont en nets progrès. Elles s'étalent aisément au rouleau, et couvrent bien. Presque tout. Mais pas complètement les auréoles jaunâtres dues aux fuites de l'ancienne toiture. Elles réapparaissent. Plus claires, mais elles réapparaissent. En progrès, mais peut encore mieux faire. Je savais que pour régler le problème, il fallait avant la première couche badigeonner les tâches avec une peinture blanche pour boiseries, même brillante. Mais j'avais fait un excès de confiance en l'étiquette du pot de peinture : « une seule couche suffit ». Je croyais les progrès plus fulgurants en ce domaine. Ça m'a coûté une couche. Et quatre « Oh ! Putain ! »

Les murs sont sains. Deux à peindre, deux à tapisser. Peindre d'abord. Au fur et à mesure que j'avance, les précautions pour faire un beau travail se multiplient. Pour le plafond, on peut déborder allègrement sur les murs, et pour les murs, sur ceux qui vont être recouverts de papier peint. Mais attention au plafond ! Et pout les plinthes, portes et fenêtres, avec une peinture plus foncée (en blanc, c'eût été trop facile), attention aux murs et au sol! Quand viendra le temps du papier peint, ce sera cool.

Plafond fini, peindre les murs. Pour le bord du plafond, j'ai tout essayé. Le petit rouleau spécial bord, avec une petite plaque censée protéger le plafond. Très bien. Au début. Pendant les trente premières secondes, avant de le recharger en peinture. La moindre gouttelette sur le bord de la plaque dessine un joli liseré. Argile. Donc pas blanc.

« Oh ! Putain ! »

Vite, un coup de chiffon. Zut ! Ça s'étale ! J'arrête là. Je change de technique. Je ferai les retouches blanches au plafond plus tard. Peindre les bords en haut des murs au pinceau. C'est ça qu'il faut faire. Et protéger le plafond avec une large spatule de plâtrier. Et ne plus se laisser prendre : essuyer soigneusement la tranche de l'outil. Impeccable. Ensuite, avec le rouleau, c'est l'autoroute. Le bac contenant la peinture est installé sut le plateau en haut d'un escabeau de six marches. La cinquième donne de légers signes de faiblesse. Avant, elle était aussi résistante que les autres. Avant. Avant que le gros Gérard, notre voisin, ne l'emprunte. Mais le plafond de la chambre est suffisamment bas pour que je n'utilise que les quatre premières marches. Bien faire attention à ne pas dépasser. A chaque recharge du pinceau, je progresse. C'est ça, le piège. Comme un gamin qui commence à marcher tout seul, un pas après l'autre, et qui commence à accélérer pour s'étaler magistralement, le nez au sol. Mon nez au sol à moi, c'est d'abord une grosse goutte de peinture qui tombe sur le parquet. Juste à l'endroit laissé libre par la grande bâche déployées en protection. Sauf là. Mon nez au sol à moi, c'est cette large balafre couleur argile au plafond. Elle fut laissée par le pinceau quand, dans un large mouvement de réflexe, j'ai voulu rétablir l'équilibre, alors que je me penchais un peu trop pour admirer la tâche faite au sol. Grand mouvement circulaire du bras, tendu vers l'arrière, pinceau bien chargé au bout du bras, plafond au bout du pinceau.

« Oh putain de bordel de bordel de merde ! » Il est des cas où le vocabulaire de base ne suffit pas. La fulgurance des réactions physiologiques m'étonnera toujours : suée, sècheresse de la gorge, genoux qui flageolent. Je ne contrôle pas. Énorme envie de badigeonner le plafond, de retourner le bac de peinture, de maudire tous les Anglais du monde. Je contrôle, in extremis.

A la fin du premier jour des travaux, j'avais un jour de retard. Bon an mal an, à force de lever très tôt et de suppression de siestes, je suis quand même arrivé au bout de ma tâche. Enfin, de mon travail. J'appelai Bertille pour qu'elle voie le résultat. Plafond et murs étaient à neuf. Pour moi, il n'y avait plus rien à faire. Il n'y aurait plus rien eu à faire si les appliques qui éclairaient les lits avaient convenu à Bertille.

« Tu ne vas pas laisser celles-là ? Elles sont vertes !

-Et alors ?

-Mais enfin ! à quoi ça sert de refaire tous les murs si tu laisses les appliques ?

-C'est bien ce que je pense ! On avait qu'à tout laisser comme ça ! La grosse Simone a dit que ça allait. »

Le ton montait à chaque réplique. Il a donc fallu que Bertille utilise un argument choc pour que je jette l'éponge.

« Si tu ne sais pas le faire, je demanderai à Louis.

-Ok, d'accord. Je vais le faire. Mais si tu veux que ça soit fini à temps, je ne pourrai pas venir demain avec toi chez ta tante.

-J'irai toute seule. J'expliquerai. »

Ma nature optimiste m'a laissé croire que j'avais gagné. Sur deux points. Louis ne mettra pas les pieds ici, tant que je n'ai pas terminé. Il a le don de tout critiquer, et de foncer droit sur le moindre petit défaut. Quant à la tante, raciste homophobe, elle est persuadée que je partage ses points de vue sur tout.

Allez ! Trois appliques à changer. Ça pouvait être pire : j'aurais pu devoir les installer. Tirer une ligne. Encastrer. Quand je pense qu'il y en a une sur les trois qui ne servira pas. Et que les autres ne seront utiles que quelques secondes, le temps d'atteindre un lit après avoir éteint l'éclairage principal. Fut un temps où ces lampes permettaient à chacun de lire avant de s'endormir. Mais maintenant, dès qu'un jeune est couché, il éteint pour se concentrer sur l'écran de sa tablette ou de son smartphone.

Démonter les anciennes appliques devait être un jeu d'enfant. Il est des jeux d'enfant auxquels je n'ai jamais accroché. Changer des appliques par exemple. Sur le papier c'est simple. Couper l'alimentation, débrancher le luminaire à remplacer, le désolidariser du mur, fixer le nouveau au mur, le connecter. Trois fois dix minutes sans se presser. Pour un spécialiste du Rubik's cube. Mais moi, je n'ai jamais été foutu d'aligner trois carrés de la même couleur.

Couper l'alimentation : facile. Depuis qu'un électricien est venu mettre l'habitation dans les normes, il suffit d'abaisser le disjoncteur différentiel du circuit concerné. A condition de trouver le bon. Coup de chance : j'en manœuvre un au hasard. Et la lampe de l'applique que je voulais démonter ne s'allume pas quand j'appuie sur l'interrupteur. J'y vais donc franc bon. Le fil alimentant l'ampoule étant assez long, je ne vais pas m'embêter à essayer de les retirer de leur logement dans le culot de la lampe. Je sectionne. Ça a pété. Ça a flashé entre les mâchoires de ma pince. Ça a crié en bas « Eh ! Y a plus de courant ! » Ça a palpité sec dans ma poitrine. Sans les gaines de plastique qui isolaient les poignées de ma pince, je serais sur le carreau. Plus besoin de finir la chambre, ma veuve ne voulant plus accueillir personne.

-« Oh ! Putain ! »

Besoin de comprendre. Ça ne m'a pas pris longtemps. Mon regard est tombé sur le filament de la vieille lampe à incandescence qui était encore vissée à l'applique dont je venais de couper le fil. Cassé, le filament. J'aurais pu actionner n'importe quel disjoncteur, elle serait de toute façon restée éteinte. Et maintenant que je n'ai plus de lampe témoin sur ce circuit électrique, impossible de trouver le bon fusible, va falloir couper l'alimentation générale. Et faire vite, pour éviter de supporter les « T'en as encore pour longtemps ? », et remettre toutes les horloges branchées à l'heure. Et merde !

4

« Ça y est ! On a reçu le dossier ! Regarde, il y a les photos. Deux garçons. Harry et Amitesh.

-Le deuxième doit être hindou.

-C'est possible, il y en a plein en Angleterre. Tiens, il y a des indications pour les régimes particuliers. Harry ne mange pas de poisson, et Amitesh est musulman.

-Alors il n'est pas hindou !

-Si, regarde la photo ! Il ressemble plus à un hindou qu'à un arabe.

-Il est sans doute indien mais pas hindou. Si il est musulman il n'est pas hindou ! »

J'étais particulièrement fier de pouvoir rectifier, en souvenir de Yaspal, un copain de fac indien mais pas hindou qui m'avait appris la différence. Il était très gentil. Le soir de notre discussion sur les religions dans son pays, il a été fauché par un cinglé qui roulait avec deux grammes huit. Il a agonisé pendant trois semaines. J'allais le voir tous les jours. Il était indien, pas hindou.

Bertille n'avais jamais entendu parler de cette blessure. Elle a compris que j'étais très remué à la vue de la photo du jeune anglais.

« Tu veux qu'on laisse tomber ? On peut attendre un peu.

-Mais non, pourquoi ? Elle n'est pas bien, la chambre, maintenant qu'elle est terminée ?

-Elle est super. T'as bien travaillé, mon minet. »

Elle a mis les deux bras autour de mon cou, et posé un doux baiser sur mes lèvres, faisant mine de ne pas voir la larme qui s'était logée au coin de ma paupière.

Nous étions l'un et l'autre prêts à prolonger la situation, quand les Beatles ont entonné « Penny Lane » à fond la caisse. La sonnerie du téléphone de Bertille vint interrompre le début d'une scène torride.

« Zut ! Si c'est ma mère, je réponds pas ! »

Un bref coup d'œil à l'écran, et elle attrape l'engin de malheur en me chuchotant, excitée :

« C'est madame Dumoulin. Allo ! Ah ! Bonjour, madame Dumoulin. Vous allez bien ? »

Bertille avait entre autres le don de servir des banalités qui plus que quadruplaient les durées des appels. Parce que, faut être logique, si elle appelle, madame Dumoulin, c'est probablement parce que ça ne va pas si bien que ça. Autre don de Bertille : prendre la main sur son interlocuteur alors qu'elle est appelée.

« Justement, mon mari vient de terminer les travaux. La chambre est magnifique. Vous devriez venir la voir. J'ai bien reçu votre courrier avec les informations sur les deux jeunes qui seront chez nous, et le programme de leur séjour. Nous sommes impatients de… »

Elle avait trouvé plus forte qu'elle en communication téléphonique : madame Dumoulin avait réussi à lui couper le sifflet. S'en est suivi un temps silence pendant lequel j'ai compris que le projet avait du plomb dans l'aile. Les sourcils froncés, et un tic qui lui faisait remonter le nez et ouvrir et fermer les narines à toute vitesse, laissait à penser que les deux anglais ne viendraient pas. Les réponses que je pouvais entendre ne m'aidaient pas à comprendre clairement de quoi il s'agissait.

« Oui … Je comprends … C'est surtout pour vous que c'est embêtant … non non, vraiment pas. »

C'est bête, mais je m'étais fait à l'idée de les recevoir, ces British. Mais la fin de la conversation m'a fait douter de l'annulation du projet. D'autant que les grimaces de Bertille avaient laissé place à un visage détendu avec des yeux qui pétillent.

« De toute façon nous avions l'intention d'acheter un lit. Ne vous inquiétez pas, c'est d'accord. J'attends le nouveau dossier. »
Tout compris. J'ai instantanément tout compris.

« C'était madame Dumoulin »
Quiconque ne connait pas Bertille pourrait penser que cette phrase était dite pour temporiser, pour préparer la suite, organiser une stratégie. Mais non ! C'est toujours ainsi. Peut-être à cause de sa formation littéraire, mais il y a toujours introduction - développement - conclusion : C'est madame Dumoulin - blablabla - c'était madame Dumoulin.

« Elle a un désistement. Du coup, elle nous en a mis trois autres. On a la place, pas vrai ? Et on va trouver un lit. »
Au point où j'en étais, elle nous en aurait mis quinze que ça aurait été pareil. Juste que j'aurais dû acheter treize lits et un autobus.
Quand elle ne l'a pas dans la tête, vous pouvez tenter tout ce que vous voulez, Bertille ne fera rien. Mais quand elle l'a décidé, vous pouvez tenter tout ce que vous voulez, elle le fera. Le soir même, j'installais un troisième lit dans la chambre

du second.

« Ça tombe bien, il manquait quelque chose en dessous de l'applique. De toute façon on l'aurait mis, ce lit. »

Secrètement, je me disais que ce n'était pas plus mal. Je craignais que la présence du jeune indien ne me perturbe. Et espérais bien que les trois jeunes qui allaient occuper la chambre auraient le physique des cousins d'Harry Potter.

5

Trois repas du soir. Trois nuits. Trois petits-déjeuners. Une journée entière à partager. Voila le programme. Le sommaire du programme. Pour le contenu, Bertille a tout prévu. Bien avant que l'accueil de jeunes ne soit officialisé, elle avait déjà sélectionné une liste de menus qu'elle avait hâte de mettre en pratique. J'avais fini par m'habituer à ce qu'en pleine conversation sur n'importe quel sujet à cent lieues de la bouffe, surgisse une question du genre :

« Tu penses qu'il faut que je fasse une jardinière de légumes avec les escalopes et les patates pour le dernier soir ? », ou

« Je vais servir la sauce au Maroilles à part avec le poulet, samedi. On ne sait jamais ! Tu ne crois pas ? »

Non, je ne crois pas. Mais les discussions précédentes sur la pertinence du choix d'un poulet au maroilles pour des jeunes habitués aux pizzas, pâtes, frites et hamburgers n'avaient rien changé. Ce sera pour le deuxième soir. On eut beau se mettre à plusieurs pour exprimer que, bien que savoureux, le maroilles cuisiné laisse planer une tenace odeur de pieds marinés, plus exactement les pieds de Joseph. Très gentil Joseph. C'est un éleveur de chèvres à la retraite, qui vit encore dans sa ferme en ruine, au bout de la rue avant les champs. Il passe devant chez nous tous les matins pour aller chercher son pain. Quand on le rencontre, on échange quelques mots, et quand on en a le temps et l'envie, on lui propose d'entrer prendre un café. Enfin, ça, c'était avant. Il sait tout, dit tout. Surtout sur la vie des gens du quartier. Double tranchant donc. Le jour où il a proposé de m'aider à monter un petit meuble au grenier fut le dernier où il a mis les pieds dans la maison. Non qu'il y ait eu dispute et bannissement. Mais il fallait monter. Et Bertille et moi avions bien vu qu'il avait dû s'essuyer copieusement les semelles dans son tas de fumier. J'ai donc pris l'initiative :

« Bertille vient de faire l'escalier, on va retirer nos chaussures pour ne pas le salir. »
J'avais bien consciemment nommé mon épouse, sachant l'admiration que notre homme lui portait. Il ne pouvait refuser. Il a quand même semblé gêné. Mais s'est exécuté. Il n'a pas fallu une seconde pour que les molécules odorifères

emprisonnées depuis va savoir quand n'atteignent nos narines.

« Ouah ! Bon ben je vous laisse ! »
a juste eu le temps de dire Bertille avant de fuir au fond du jardin. Pour ma part, je me concentrai sur ma respiration, en faisant le triste constat que pour survivre, nous avions besoin d'inspirer exactement le même volume d'air que celui que nous expirions. Je retardais au maximum l'instant où je reprenais de l'air, en soufflant très lentement et bloquant mes poumons le plus longtemps possible. Mon instinct de survie m'obligeait ensuite à reprendre une grosse bouffée d'oxygène, m'amenant au bord de la perte de connaissance. Il me restait encore un zeste de lucidité pour abréger cette situation.

« Oh ! Que je suis bête ! Je n'ai pas débarrassé là haut ! On ne pourra jamais entrer avec ça ! Désolé ! Merci, Joseph. »

Le vieil homme ne chercha pas plus loin et remis ses pieds dans ses chaussures. Il fallu bien du temps pour qu'amis et famille me persuadent qu'il ne restait aucune trace olfactive dans la maison.

Poulet au maroilles le deuxième soir, adjugé. Pour enfoncer le clou, je proposai à

Bertille de faire une andouillette le soir de leur arrivée. Histoire de rigoler un peu ne serait-ce que pour expliquer de quelle partie du porc provenait ce qu'il y avait dans l'assiette. Comme Bertille prenait tout au premier degré, elle réagit au quart de tour.

« Ah non ! Vendredi soir, c'est lasagnes »

Valeur sûre qui mettrait en confiance nos hôtes. Les menus étant fixés, restait à trouver de quoi meubler les soirées et le dimanche.

Le premier soir, ayant eu une journée très chargée, nous avions le droit de penser qu'ils souhaiteraient se retirer rapidement dans leur chambre. Par chance, pour le deuxième soir, il y avait un match de rugby, à la télé. Stade Toulousain contre Northampton. Avec pour enjeu une qualification pour la suite de je ne sais quel tournoi international. Le dimanche devait être occupé en entier. Promenade en campagne et visite de Lille. Et pour la troisième et dernière soirée, un jeu de société. Mauvaise idée, le scrabble. Nous ne connaissions pas leur niveau de français, et si l'un ou l'autre avait des difficultés dans la langue, il se sentirait exclus. On jouera à Dobble.

6

Vendredi 18h. Bertille est allée seule chercher les colis. Nous n'avions pas plus d'information sur leurs contenus. Madame Dumoulin avait téléphoné pour prévenir qu'elle remettrait le dossier quand nous irions chercher les jeunes. Je tournais en rond, ayant bien le temps de gamberger en attendant un coup de fil de ma femme, qui avait promis de m'appeler avant de se mettre en route pour le retour « at home ». Nous devions voir les deux meilleurs de la liste, avait promis madame Dumoulin en réparation bien maigre de mon balustre préféré. Et si pour x raison, vexée d'être tombée par exemple, elle nous refilait les trois pires, ceux qui auraient déjà un dossier connu de toutes les autres familles d'accueil? Et s'ils ne s'entendaient pas, et que je sois obligé de les séparer lors de bagarres généralisées. Et si... Sauvé par le gong : le visage de Bertille qui illumine l'écran de mon téléphone.

« Alors ?

-Tout va bien, on se met en route. Il y a

Paul, Harry et Laurence. On arrive dans une demi-heure. A tout' ! »

Ce fut de loin la conversation la plus courte que Bertille ait réalisé de toute sa vie. Elle qui commence d'habitude à demander si c'est bien moi, si ça va, et qui oublie parfois l'objet de son coup de fil. Elle devait donc avoir très peu de liberté pour clôturer ainsi l'appel. Je repris donc mes pérégrinations cérébrales avec une nouvelle donne : il y a une fille ! Et comme elle a été très laconique, l'un ou l'une au moins comprend et parle très bien français. Nouvelle preuve que rien n'est jamais assez compliqué. Je la retiens, la grosse Dumoulin ! Elle me bousille cinquante ans de souvenirs familiaux, et nous fait un pied de nez magistral. Dans la catégorie emmerdeuse, elle est classée A+++. J'ai passé le reste de l'attente à échafauder des plans pour pourrir le séjour de ces charmantes têtes blondes. On sonne.

Pas toutes blondes, les têtes. Et si là dedans il y a une fille, elle est bien masculine ! Les trois jeunes s'avancent avec leur bagage, petit sac à dos pour le premier, sac de voyage pour le deuxième et valise familiale XXL pour le dernier.

« Bienvenue chez nous ! Je suis Jacques, le mari de Bertille. »

J'avais parlé lentement et en articulant comme si je m'adressais à Paulette, la voisine, sourde comme on pot.

« Merci. Je m'appelle Paul ! Je souis enchanté de faire votre connaissance. »

Le grand blond me tend la main, apparemment content de son intervention. Il serre la mienne avec une pression normale, qui ne présage rien de mauvais.

« Laouwence, bonjour monsieur, merci

-Jacques, enchanté »

C'est elle Laurence ? Mais bien sûr ! Lawrence. Comme Lawrence d'Arabie ! Faudra que Bertille reprenne des cours de prononciation. Soulagé ! Lawrence est plus petit que Paul, cheveux châtain en boule.

« …euhm…Harry.

-Bienvenue, Harry. Welcome. »

Le petit bout de chou qui passe en dernier semble pétrifié. Il doit cumuler une timidité excessive avec une ignorance quasi-totale de notre langue.

Le cortège britannique se met en route et pénètre dans le couloir. C'est amusant de voir que les volumes des bagages sont à l'inverse des tailles de leur propriétaire. Harry tire son énorme valise à roulette, dernier de la file, et peine à la soulever, tant par le poids que par sa taille. Je m'approche de lui pour l'aider, quand je croise son regard. Proche de celui des victimes de Jack l'éventreur dans la seconde qui précédait son forfait.

« Laisse, je vais t'aider ? Ça va, Harry ? Cool ! »

Bertille était restée derrière la petite troupe. Elle a fait un geste pour capter mon attention, et j'ai compris par une de ses grimaces qu'il fallait faire ou ne pas faire quelque chose. Je pense maîtriser le français, je me débrouille en anglais, mais en grimaces de Bertille, j'ai encore des lacunes. Je comprends quand même qu'il y a un problème avec le plus petit. Elle savait que mon naturel enjoué risquait de le faire chambrer. En passant près de moi, alors que le trio s'était avancé, elle a réussi à me glisser, en chuchotant :

« Vas doucement avec le petit. Je t'expliquerai ».

Paul, visiblement à l'aise, était passé en tête. Dès son entrée dans la salle de séjour, il s'est extasié !

« Ow ! Très bien ! Merci ! »

-Merci », s'est senti obligé d'ajouter Lawrence.

Le petit n'a rien dit, l'effroi avait quitté son

regard, le laissant vide.

Voila plusieurs semaines que la météo était exécrable. Mais ce jour de début juin était exceptionnellement ensoleillé. J'en avais donc profité pour dresser une table d'accueil dehors : nappe en tissu, verres, amuse-gueules. Les bouteilles étaient restées au frais.

« Laissez vos sacs ici, nous les monterons dans la chambre plus tard. Nous allons boire quelque chose. »

« Oh ! Merci ! Merci !

-Merci !

-…

-Qu'est-ce qui vous ferait plaisir ?

-Ferait plaisir ? » reprit Paul, qui visiblement était plus à l'aise que les deux autres

« Que voulez-vous boire ? Coca-cola, jus d'orange, jus de pomme, Orangina ? »

« Ow ! Merci ! Orangina, s'il vous plait.

-Orangina aussi ! » ajouta Lawrence. Puis :

-S'il vous plait…Merci »

Harry semblait très en dehors de cette entrée en matière. Il retrouva son regard de bête traquée quand je me suis adressé à lui pour reposer la question, avec un geste qui ne laissait aucun doute sur le sens de ma question.

« Et toi, Harry, que veux-tu boire ?

« De l'Orangina c'est très bien, merci. Puis-je aller aux toilettes ? »

Il venait d'un coup de me rassurer sur deux points : il n'était pas coincé et parlait un français très correct. Bertille aussi fut soulagée, elle lui tendit la main avec un large sourire.

« Bien sûr ! Viens, je vais te montrer ! »

Le gamin se sentit obligé de prendre la main de ma femme, n'ayant ni le vocabulaire ni le culot de lui répondre « eh ! ça va ! j'ai onze ans ! tu vas pas venir avec moi dans les chiottes, non plus ! ». J'ai profité de l'absence de Harry pour essayer d'en savoir plus sur le « vas doucement avec le petit ».

« Vous vous connaissez, tous les trois ?

Sans surprise, c'est Paul qui répondit le premier. Lawrence faisait des efforts visibles pour en placer une, mais sans résultats

« Je connais Lawrence, il est dans mon classe. Harry est dans la classe pliou petite. Merci.

- Moi aussi, réussit à placer Lawrence. Je….suis ami Paul. Pas connais Harry. »

L'envie pressante de Harry et son isolement justifiaient largement son attitude à l'arrivée.

« Je vais chercher à boire

-Ow ! Merci ! »

Bertille m'attendait dans la cuisine. Elle me fit signe d'approcher, posa un doigt sur les lèvres, et me chuchota :

« Le petit ne va pas bien en ce moment. Madame Dumoulin n'a pas eu le temps de m'expliquer. Elle a juste dit qu'il fallait le surveiller. Il y a une lettre de la mère dans le dossier, mais je n'ai pas eu l'occasion de l'ouvrir. On verra quand ils seront dans la chambre.

-Bravo ! Manquait plus que ça ! Et qu'est-ce qu'il fait aux toilettes ?

-Ben devine !

-Je vais voir. Apporte-leur l'Orangina. Pour moi, ce sera un Chivas. Et toi ?

-Non ! Tu ne vas pas prendre un whisky ! Tu te rends compte ? Fais un effort ! J'ai acheté du Schweppes pour toi.

-Du Schweppes ! Mais on n'est pas à Noël !»

Soit ! Pas d'alcool. Je n'en étais plus à une contrariété près. De toute façon, je ne l'aurais sans doute pas apprécié. Je me suis dirigé vers la porte des toilettes, et ai lancé :

« Tout va bien ?

-…

-Ça va, Harry, tout va bien ?

-Oui, monsieur, ça va. Merci. »

Il est encore en vie. Et le ton semblait naturel, celui d'un jeune qui venait de se soulager après une retenue de plusieurs heures. Rassuré, donc. Mais pour accélérer la sortie j'ai quand même ajouté :

« Nous t'attendons pour boire ensemble ! »

-J'arrive ! »

Le bruit de la chasse d'eau m'a donné le signal pour regagner prestement ma place à table.

La discussion autour des verres de bienvenue nous confirma que Paul prenait le dessus sur ses copains de chambrée, Lawrence essayant désespérément de placer un mot en français, et Harry restant bien à l'écart des échanges. Ce qui donnait :

« Je suis déjà veniou dans la France avec mes parents piour le vacance. Mes parents sont avocats. Je joue le football et aussi la guitare. Merci. », pour Paul.

« Je …euh..joue le rugby. Je suis treize ans. » dit Lawrence.

« Ah ! Oui, moi aussi j'ai treize ans. J'oubliais de le dire, coupa Paul. Merci.

- J'aime beaucoup la France. », termina Lawrence, visiblement content de lui.

Harry ne disant rien, je l'ai sollicité.

« Et toi, Harry, quel âge as-tu ?

A notre grande surprise, il répondit. Sans enthousiasme, mais dans un français fluide, presque sans accent.

« Je suis pliu jeune qu'eux. J'ai onze ans. » Il avait exagéré la moue pour bien prononcer le « u », surclassant en ça Paul, qui était déjà veniou dans la France.

« Tu parles très bien français ! » complimenta Bertille.

« Ma mère est professeur de français » se contenta d'ajouter le benjamin.

La séquence accueil autour d'un verre fut assez brève. Les trois jeunes anglais vidèrent leur verre cul sec. Prudents, aucun n'avait osé toucher les petits toasts au tarama que j'avais tartinés, mais avaient vidé le bol de cacahuètes. Tous avions hâte de monter dans la chambre.

Les bagages étaient restés au bas de l'escalier. Classés par taille. Bertille passa devant, suivie de près par Paul. Lawrence eut un peu plus de mal avec son sac, visiblement lourd. L'escalier étroit l'obligeait à le porter devant, ce qui n'était pas du plus pratique. Avant même qu'il n'ait eu le temps de la prendre, je saisis la valise de Harry.

« Laisse, je vais la porter.

-Je veux bien, merci Monsieur.

-Vas-y, Harry, passe devant. »

J'étais au palier du premier quand j'ai entendu Paul s'extasier.

« Ow ! C'est siouper ! Merci ! »

Quand nous avons pénétré dans la chambre, les deux premiers avaient déjà choisi leur lit, côte à côte, laissant Harry à l'écart. Le petit ne s'en plaint pas.

Bertille fut fière de jouer la maîtresse de maison ;

« Voila, installez-vous. La salle de bains est au premier étage, vous êtes passés devant la porte en montant. Il y a un petit écriteau « salle de bains » sur la porte. Et il y a des toilettes dans la salle de bains. »

Lawrence regardait avec inquiétude Paul, son interprète, ayant juste saisi « salle de bains » et « toilette ».

« Qu'est ce que veut dire « écruto » demanda Paul en toute simplicité.

-C'est un petit panneau, une petite pancarte, collé sur la porte de la salle de bains

-Ow ! Je comprends ! c'est écrit dessus !

Oui, c'est ça. Écriteau, c'est écrit ! »
félicita Bertille.

En d'autres temps, j'aurais fait allusion au Port
Salut. Je me suis abstenu : ça risquait de nous
retarder considérablement.

« Ce soir, le repas sera à 19h30, dans une
demi heure. Installez-vous, faites comme chez
vous. Nous sommes là si vous avez un problème
ou une question, ça va ?

-Ça va, merci ! » répondit Paul.

Lawrence fut satisfait de voir que son ami avait
compris, et Harry ne crut pas utile d'ajouter quoi
que ce soit.

7

Impatients de découvrir le secret de Harry, nous sommes descendus rapidement, évitant quand même de dévaler les escaliers pour ne pas étonner nos hôtes. En bas, Bertille se précipita sur la grande enveloppe contenant les informations relatives à cet accueil : trois fiches individuelles avec photo. Le programme et les horaires des visites prévues pour les jeunes, un rappel des conditions et consignes pour les familles, et une enveloppe cachetée. Inscription manuscrite : Pour la famille d'accueil de Harry Chiltern.

Le naturel soigné de Bertille l'obligea à chercher un objet qui lui permettrait d'ouvrir proprement l'enveloppe. Nous courûmes vers la cuisine, et c'est un petit couteau à fromage qui libéra un feuillet de son contenant. Ma femme sortit le document et se mit face à moi, comme si le courrier lui était exclusivement destiné. Pas le moment d'engager une discussion sur son côté dominant et possessif. Je fis une première lecture en regardant son visage. C'était le menton et le cou qui s'exprimaient. Mauvais signe. La mâchoire inférieure se crispait alors que la peau sous le menton se plissait. Mystère de la biologie, mais signe d'une très grande émotion négative. Preuve en fut le nez qui s'est fermé à l'extrême.

« Oh ! Pauvre tiot ! Oh là là ! Oh pauvre tiot !

-Quoi ? Qu'est ce qu'il y a ?

-Oh ! Pauvre tiot ! »

En d'autres circonstances, j'aurais joué à « laisse moi deviner » en posant des questions qui petit à petit m'auraient amené à découvrir la raison de sa grande tristesse. Il est un temps pour tout. Bertille me regarda. La perturbation du bas du visage traduisant un état de tristesse avait atteint les yeux, prêts à déborder. Effet tsunami.

« Pauvre tiot », se contenta-elle de redire en me tendant la lettre.

Le texte était manuscrit, d'une écriture ronde, grande, bien lisible.

Madame, Monsieur,

Vous accueillez mon fils Harry pour trois jours et je vous en remercie. Il comprend le français et est capable de s'exprimer très correctement dans votre langue. C'est un garçon timide. Je veux que vous sachiez qu'il vit en ce moment une période très perturbée. En effet, il vient de perdre tragiquement son petit confident et compagnon de jeu, Tommy, un jeune beagle qu'il vénérait. Tommy adorait rapporter les balles de tennis. Il a eu la mauvaise idée de courir après celle qui protégeait la boule d'une attache-remorque. Il y était parvenu, et après avoir roulé une centaine de mètres, le conducteur s'en est aperçu a reculé et écrasé Tommy, qui ne voulait rien lâcher.

Je vous remercie de veiller sur mon fils et vous laisse mes coordonnées en cas d'urgence affective.

Cordialement
Linda Chiltern.

Bertille était particulièrement sensible. Surtout aux souffrances des animaux. Davantage encore quand il s'agissait de chiens. Et quand le chien était un beagle, la peine était sans mesure. Mais dans le cas présent, je pouvais m'attendre à une période de profonde déprime. Nous avions vécu exactement la même mésaventure il y a un an. Même race de chien, même nom. Notre petit Tommy a fini en crêpe sur la chaussée devant la maison. Sous nos yeux. Il a fallu des mois à Bertille pour que la douleur s'estompe. Je pense même que l'accueil de jeunes étrangers faisait secrètement partie du plan de sauvetage. Pour des raisons que j'ignore, elle était apparemment plus sensible aux souffrances des chiens que des humains. Je me souviens qu'elle n'a pas pu retenir un « Oh ! Pauvre bête » dans une séance au cinéma. La scène montrait un terroriste qui arrosait la terrasse d'un café avec un fusil mitrailleur. Parmi les nombreux corps gisant dans leur sang, un beagle. Les spectateurs de la salle qui nous entouraient n'ont heureusement pas pu entendre la réaction de ma femme sous le bruit des rafales. Et je ne saurais jamais si le "pauvre tiot" répété lors de la lecture de la lettre concernait Harry ou l'animal.

Bertille s'était tournée vers la fenêtre, le regard vague. Je suis arrivé par derrière, ai placé ma joue contre sa joue, mes bras le long des siens pour lui tenir les mains.

« On va l'aider, ce tiot! » ai-je chuchoté à son oreille.

Elle a juste serré mes mains pour me répondre, ce qui, la connaissant, était plutôt bon signe.

8

A 19h30 zéro secondes, Paul est entré dans la salle à manger, suivi de Lawrence. Harry est descendu une minute plus tard, retard tout à fait acceptable, bien que les soixante secondes d'attente fussent interminables pour tous les quatre. Pour les jeunes, qui étaient impatients de se débarrasser de leur petit paquet cadeau qu'ils avaient dans les mains, et pour nous, craignant de voir, par la fenêtre du jardin, tomber du second un corps en chute libre. Les pas dans l'escalier nous rassurèrent. Harry est entré dans la pièce portant aussi son paquet. En bon chef de troupe, Paul prit solennellement la parole.
« Nous vous avons apporté ces petits cadeaux pour vous remercier. »
Il s'avança vers Bertille et lui tendit son paquet, immédiatement imité par Lawrence. Harry se démarqua en se dirigeant vers moi, pour rééquilibrer. Il eut la délicatesse d'ajouter:
« Merci. C'est pour vous deux. »
Les trois paquets étaient de taille quasi identique. Base carrée de 10 centimètres de côté, hauteur

une bonne vingtaine de centimètres. Boîte de biscuits, boîte de biscuits et boîte de biscuits. Tour de Londres, cabine téléphonique britannique et guérite de garde avec garde et son bonnet à poil. Le bonnet.

« C'est très gentil, mais il ne fallait pas ! dit Bertille. Nous sommes déjà ravis de vous accueillir.

-Ow. Merci. Merci

-Merci

-...

-Je vous ai préparé des lasagnes, pour dîner. Ça vous convient?

-Ow oui! Merci. Ça convient très bien » répondit Paul enthousiaste.

En fait, les trois étaient soulagés de trouver un plat qu'ils connaissaient bien. Lawrence pour qui c'était le premier séjour en France avait entendu parler de cuisses de grenouilles, et était persuadé que chaque famille française en consommait quotidiennement. Il se dit qu'il avait bien de la chance de ne pas avoir dû partager notre repas du midi. Il exprima donc son enthousiasme:

« Ow! Merci. J'aime très beaucoup les lasagnes.

-Allez! A table! » conclut Bertille.

Chacun a repris la place du pot d'accueil: Paul et Lawrence sur un grand côté, Harry et moi en face, et Bertille sur le petit côté vers la cuisine. Quand elle est apparue avec un plat géant et un "attention c'est très chaud!", mes deux vis à vis décollèrent légèrement les fesses de leur siège pour mieux s'assurer que le contenu du plat était conforme à ce qu'ils attendaient.

« Ow! C'est beau! C'est maison! Merci! » dit Paul.

« Merci! » reprit Lawrence. Tous deux se sont regardés visiblement satisfaits, leur échange sans un mot voulant dire "Ouf! Pas de grenouille!" pour Lawrence, et "J'en étais sûr, je te l'avais bien dit" pour Paul. Harry était toujours silencieux, bouche et yeux.

Je servis chacun avec application, veillant à ce que les parts soient rigoureusement identiques. Quand est venue l'assiette de Harry, j'ai hésité à lui en mettre autant que les autres. Parce qu'il est plus jeune et que s'il est fait comme il faut, son appétit doit être considérablement réduit par la peine. Il ne devait pas être comme il faut. Je n'ose croire que, sachant que leur rejeton serait nourri pendant quelques jours, les parents de tous les anglais les avaient mis à la diète. Ils ont dévoré leur part comme s'ils faisaient un concours de vitesse. Quand par pure politesse, Bertille a demandé si quelqu'un en voulait encore, le plus jeune fut le premier à se manifester.

« J'en veux bien encore, s'il vous plaît. » D'aucuns auraient dit "un peu, j'en veux bien encore un peu, s'il vous plaît". Mais sans doute craignait-il que cette précision ne réduise sa part. Bertille le servit copieusement en me lançant un regard en coin qui voulait dire : "C'est bon signe! Je crois que ça leur plait, sinon ils n'en reprendraient pas. Elles ont toujours du succès, mes lasagnes. C'est une valeur sûre. Et le petit a de l'appétit. C'est très bon signe."

Le temps de cet échange de regards, les assiettes de Paul et Lawrence étaient rechargées.

« Ow! Très bon. Lasagnes maison. Merci. » redit Paul.

« Très bon, merci! » répéta Lawrence, en soulevant les fesses par réflexe. S'il avait eu les mains libres, il se serait levé bien droit et aurait fait un salut militaire, regard parfaitement horizontal. La vraie surprise vint de ma droite.

« Vous êtes une cuisinière hors pair, Madame. La cuisine française est sans doute l'iune des meilleures diu monde, et nous avons la chance d'être chez iune des meilleures cuisinières de votre pays. »

C'était vrai. Mais au point de faire oublier sa peine à un jeune timide dépressif, je n'aurais pas misé gros. Bertille était comme moi stupéfaite. Elle était partagée entre la fierté d'avoir une fois encore ravi ses hôtes de table, mais presque déçue du rétablissement si rapide du petit. Il lui avait fallu des mois de thérapie adaptée, user quatre psychiatres, autant de psychologues, perdre huit kilos et en reprendre neuf pour faire le deuil de son chiot. Personnellement, j'étais soulagé de voir Harry s'ouvrir si rapidement. S'il avait eu vingt ans de plus, j'aurais vite mouché ce dragueur en lui faisant remarquer qu'il avait des progrès faire sur la prononciation de nos « u ». Peut-être même me serais-je levé de table pour lui foutre mon poing sur la gueule. Ou lui aurais-je arraché les yeux pour lui fourrer dans le cul, histoire qu'il voie la misère de l'intérieur. Paraît que j'ai un tempérament jaloux. Paraît. Mais Harry n'avait que onze ans. L'idée d'une remise à sa place ne m'a donc même pas effleuré.

« Merci, je suis contente que ça vous plaise, dit Bertille. Demain je vais vous préparer un plat bien français. Une spécialité de la région.

-Ow ! Bonne idée ! Merci ! » dit poliment Paul.

On sentait quand même un rien d'inquiétude dans l'intonation. Le plus inquiet fut visiblement Lawrence, qui, s'il avait pu, aurait déclenché la procédure de rapatriement d'urgence. Il n'y couperait pas, il aurait droit aux grenouilles. Les vingt quatre heures à venir s'annonçaient terribles : insomnie, douleurs terribles dans le ventre, alternance de suées et de grands frissons. La peine prévue fut largement réduite quand Bertille donna quelques précisions :

« Je vais faire du poulet au maroilles. Le maroilles est un fromage produit dans l'avesnois. J'espère que ça vous plaira !

-Très bien, répondirent en chœur Paul et Harry, Paul terminant en solo :

« Merci »

Ça faisait beaucoup de mots pour Lawrence. Il avait compris « poulet » et « fromage ». Il tenait quand même à s'assurer que ces mots ne qualifiaient pas des races différentes de batraciens, et, violant les règles de savoir vivre, demanda en anglais une traduction à son voisin. Dès qu'il eut confirmation que le danger était écarté, il s'enthousiasma :

« Ow ! Pioulet avec fromage ! Très bien ! Merci ! Très bien ! »

Je décidai de lui laisser un jour de sursis, en m'abstenant d'évoquer Joseph.

Le dessert fut classique : yaourt, fruit ou glace.

Comme prévu, le programme de la soirée a été simple à établir. Ils semblaient fatigués de leur longue journée : Paul, toujours loquace, avait expliqué qu'ils étaient « partis de Londres à six heures du matin, piour ne pas avoir embouteillement de London, et déjà viou beaucoup de choses de la France aujourd'hui. Beaucoup de choses de la guerre en France. »

Notre région est en effet riche en cimetières militaires de tous pays. La guerre 14-18 a largement contribué à leur création. Et les britanniques sont bien classés au championnat d'Europe des morts pour la patrie. Bertille et moi avions été surpris d'apprendre que le programme des visites des collégiens anglais était presque exclusivement dédié à la Grande Guerre. Que du sérieux. Aucun rapace de la haute finance n'avait eu le culot d'ouvrir un parc d'attraction sur ce thème. Les idées ne manquaient pourtant pas aux requins : La Grosse Bertha, un canon face auquel le Space Mountain de Disney passait pour un manège de chevaux de bois. Et bien sûr un labyrinthe infernal dans des tranchées, avec explosions d'obus et apparition de rats intempestives.

Jusqu'aujourd'hui, heureusement, rien de tout ça n'avait été créé. La fatigue des jeunes était complètement justifiée, par l'amplitude de leur journée, et par le fait que devoir se concentrer pour comprendre les explications de guides, en français. Je clôturai donc ce premier dîner :

« Vous devez être fatigués, ce soir. Et demain, vous aurez encore beaucoup de visites. La salle de bains est libre ! Je propose que vous montiez dans votre chambre maintenant. »

Paul et Harry qui avaient bien compris se levèrent immédiatement, presque au garde à vous, suivis de très près de Lawrence qui n'avait rien compris.

« Merci, nous allons coucher » dit Paul

-Vous avez vu ? dis-je Il y a des livres, sur l'étagère, dans votre chambre. N'hésitez pas !

-Ow ! Merci ! Oui, je viou. J'aime beaucoup Tin'Tin' and Snowy. Merci ! »

J'avais à contrecœur déplacé jusque dans leur chambre ma collection complète des Tintin. Certains portaient la date de la première édition. Je ne tenais pas à ce que des mains sans conduite ne viennent les salir ou les abimer. Mais dans l'immédiat, ce qui me préoccupait le plus c'était d'isoler Harry pour tenter de le faire parler. Lawrence me sauva, en s'approchant de moi, gêné. Il avait une demande à formuler, et voulait visiblement s'en acquitter tout seul. Il voulait ainsi montrer qu'il avait sa place dans le trio, même si la pratique du français le laissait dix longueurs derrière ses compatriotes.

« Exciousez moi, Monsieur, puis-je avoir le code piour l'In'ternet ? »

La demande fut formulée avec beaucoup d'application, probablement répétée vingt fois dans la tête pendant le repas. J'aurais pu rallonger la sauce, en faisant celui qui ne comprenait pas : « L'In'ternet ? Qu'est-ce que c'est, l'In'ternet ? » Mais l'envie de les voir monter était trop grande.

« Ah ! Oui ! Le code wifi ! Je vais vous l'imprimer. »

Je sautai sur l'occasion pour lancer la première phase de l'opération : « Sauvons Harry ». Il fallait pour cela que le petit vienne seul avec moi dans le bureau où se trouvaient ordinateur et imprimante. Comme c'est Lawrence qui avait formulé la demande, c'est logiquement lui qui aurait dû m'accompagner au bureau. Ça ne m'arrangeait pas du tout. Je ne tenais pas à éveiller quelque soupçon en demandant à Harry de me suivre, alors que les trois se tenaient debout en attente devant moi. Je les envoyai donc dans leur chambre :

« Allez-y, montez. Je vous prépare ça et je vous l'apporte ».

Comme je l'avais prévu, Paul fonça le premier, suivi de près de Lawrence. Harry entama sa montée quelques secondes plus tard. Il avait gravi deux marches quand je l'ai rappelé :

« Et, Harry ! Viens, je vais te donner la feuille, tu la porteras à tes copains, ça m'évitera de monter. »

Le garçon redescendit prestement, et me suivit jusque dans le bureau. Bertille, qui était occupée à débarrasser la table et ranger la cuisine, n'avait rien entendu de ce petit changement de programme. Tant mieux !

9

Je n'étais pas sûr de mon coup. Loin de là !
Même que si j'en avais eu le temps, j'aurais fait
machine arrière. Trop tard ! Je passe devant pour
entrer dans la pièce, essayant au mieux de gérer
mon stress, en contrôlant ma respiration.
L'ordinateur était installé sur une petite table. Au
dessus de l'écran, accroché au mur, un cadre. Et
dans le cadre, une photo de Tommy, l'air joyeux,
une balle de tennis jaune dans la gueule. Harry ne
la vit pas en entrant dans la pièce. Il m'a suivi
pour s'approcher du poste informatique, et est
resté derrière moi pendant que j'ouvrais le fichier
contenant le code enregistré. Je le sentais
concentré sur l'écran. J'ai copié-collé en triple le
sésame sur une page vierge, et j'ai lancé
l'impression, en me retournant avec un « C'est
parti ! ». Ce fut bien la seule fois de ma vie où la
lenteur de la mise en route d'une imprimante m'a
semblé supportable. Le regard de Harry a quitté
l'écran, et s'est dirigé vers le mur. J'ai eu tout le
loisir d'observer attentivement le passage d'une
expression absolument vide à une illumination

quasi mystique. Mettez-le à genoux, en guenilles et déposez un voile sur son crâne, et vous avez devant vous Bernadette Soubirous.

« Eh ! On dirait Tommy ! Le chien, sur la photo. »

Mais contre toute attente, il ne s'est pas effondré, n'a pas fondu en larmes. Juste semblé très surpris de la ressemblance avec son chiot. J'ai joué le jeu de l'incompréhension, intrigué par la réaction du gamin :

« Mais bien sûr, c'est Tommy ! Comment le connais-tu ! C'était notre chien. Il s'est fait écraser par une voiture. Il aimait courir après les balles de tennis. Un jour il s'est accroché à une balle protégeant la boule d'une attache-remorque derrière une voiture. Le conducteur a reculé et l'a écrasé ! Comprends-tu ce que j'ai dit ?

-Oui oui, très bien. C'est incroyable ! Mon chien a eu exactement la même chose. Je l'aimais bien, Tommy. Mais il était vraiment stupide ! »

J'étais déconcerté par la froideur avec laquelle Harry avait réagi. Je me devais d'essayer d'en savoir plus.

« Bertille, ma femme, a eu énormément de peine à la mort de Tommy. Elle y était très attachée, et il a fallu beaucoup de temps avant qu'elle ne s'en remette. Et toi, il y a longtemps que c'est arrivé ?

-Il y a deux semaines.

- Et ça ne t'a pas fait de peine ? »

Le gamin a semblé gêné. Je me suis dit que j'étais peut-être allé trop loin, que j'allais rouvrir une plaie à peine cicatrisée.

« Euhm…Puis-je vous dire un secret ? »

Aïe ! J'avais déjà compris, depuis une heure que je connaissais Harry, qu'il était hors norme. La norme pour un jeune de son âge, c'est de rester timide quand on est timide, de comprendre et parler le français avec difficulté, d'éclater en sanglots quand le hasard lui met en face des yeux la photo d'un compagnon de jeu qu'il vient de perdre tragiquement. Mais qu'en si peu de temps, je devienne plus que son confident, le gardien d'un secret me faisait regretter d'avoir joué les apprentis psy.

« Bien sûr ! Vas-y! Je t'écoute

-Je vais d'abord leur monter le code wifi, pour qu'ils ne se posent pas de question. Dès qu'ils l'auront, je reviendrai : leur cerveau sera déconnecté. J'aimerais qu'il n'y ait que nous deux, s'il vous plait.

-D'accord. Attends quelques minutes, et

reviens ici. Mais d'abord, dis-moi : tu n'as aucun accent, quand on est à deux. Pourquoi en prends tu un quand les autres sont là ?

-Ça m'amiouse »

Il prit la feuille sortie de l'imprimante et monta rapidement. Je me sentais mal. Je suis allé dans la cuisine.

10

« Tu as vu !   Je crois que ça leur a plu, sinon ils n'en auraient pas repris. Elles plaisent toujours mes lasagnes. C'est une valeur sû…

-Tu me l'as déjà dit en les servant ! ai-je coupé.

-… ? Je ne t'ai rien dit !

-Mais si ! C'était écrit dans tes yeux ! Harry a besoin de me parler, je lui ai montré la photo de Tommy.

-Quoi ? Et comment a-t-il réagi ?

-Il a été très surpris. Mais il n'a pas craqué. J'ai quand même vu qu'il était perturbé, et il a demandé s'il pouvait me parler. Je pense que c'est mieux que je le voie seul. Pour lui et pour toi. Monte, je te tiendrai au courant.»

Un peu vexée, Bertille savait qu'elle restait fragile, et qu'il valait mieux en effet qu'elle se tienne à l'écart. Elle savait aussi que je ferai de mon mieux pour consoler le garçon.

« Tu as raison. Je vais me coucher. Vas-y mollo. A tout à l'heure ! »

Harry l'a croisée dans l'escalier, et l'un et l'autre

se sont salués comme si de rien n'était.

« Bonsoir, Harry.

-Bonne nuit, Madame. »

J'ai approché une chaise du fauteuil à roulettes affecté à l'ordinateur. Bien élevé, Harry a tapé un coup à la porte ouverte.

« Vas-y, entre. Assieds-toi. Ça marche le code, là haut ?

-Oui oui. Ils sont déconnectés…du monde extérieur.

-Alors, ce secret ?

-C'est un secret de moi et de Tommy. Et de ma mère. Vous m'avez demandé si ça m'avait fait de la peine quand Tommy est mort. Oui, bien sûr. J'ai même pleuré. Mais j'ai fait croire à ma mère que j'étais beaucoup plus triste qu'en vrai. Ma mère ne veut pas que je sois inscrit à l'équipe de rugby du collège. Elle a peur pour moi. J'ai presque tout ce que je veux, parce que je suis seul avec elle. Mon père est mort il y a six ans, électrocuté en changeant une applique. Ma mère me surprotège. À part étudier, lire des livres en français, regarder des documentaires à la télévision, je ne peux rien faire. Elle m'a acheté ce chiot, avec qui, c'est vrai, je m'entendais bien. Mais j'avais bien compris que c'était pour que je m'en occupe et ma mère espérait que l'envie de jouer au rugby me passerait. C'était tout le contraire. Plus elle en faisait pour me faire passer l'idée, plus je le voulais. Et quand Tommy a eu son accident, je me suis dit que je pouvais peut-être en profiter. »

Harry s'exprimait dans un français de niveau bien supérieur à celui de mes compatriotes, à plus fort raison de son âge. Il parlait en me regardant droit dans les yeux, nouvelle preuve de confiance. Sans doute avais-je quelques points communs avec son père. Il en avait assez dit pour que j'imagine la suite, mais je l'ai laissé continuer.

« Vous avez compris, n'est-ce pas ? Le seul moyen de revivre un peu après la terrible épreuve qu'a été la perte de Tommy, c'est d'entrer dans l'équipe de rugby du collège. C'est du moins ce que je veux faire croire à ma mère.

-Et tu lui as dit ?

-Ohlà ,malheureux ! Doucement ! Vous connaissez les femmes, non ?»

Il avait choisi de me détendre, et je ris de bon cœur. Ce petit bonhomme n'était ni timide ni déprimé. Et en une phrase, il avait réussi à me faire comprendre que je n'avais rien à craindre. Oubliée l'angoisse d'entendre des confidences qui me chargeraient d'un fardeau très lourd pour le restant de mes jours. Ce secret là était dans mes cordes. Harry continua :

« Si j'avais sauté sur l'occasion pour demander mon inscription au club, ma mère aurait flairé l'arnaque. Je n'ai donc encore rien dit de mon projet. Je me contente de faire le prostré. C'est assez difficile. Heureusement, ça se termine : vous allez m'aider à réaliser mon projet. »

Moi qui avais craint de devoir développer tout un plan de sauvetage, avec le risque de faire pire que mieux, je me retrouvais avec un travail tout fait, bien ficelé, manquait plus que ma signature au bas. Mais en adulte responsable, je ne pouvais tout de même pas laisser un gamin berner sa mère comme ça sans rien dire. J'ai donc lancé, sans aucune conviction :

« Si je comprends bien, tu veux que moi aussi je mente à ta mère, non ? Que je lui dise qu'en ayant discuté avec toi, je pense que faire partie de l'équipe de rugby du collège permettrait de te redonner goût à la vie, c'est ça ? »

J'avais essayé de prendre un ton outré mais je n'ai pas dû bien le jouer. Son visage s'est littéralement illuminé.

« Oui, vous comprenez bien ! Vous allez m'aider, n'est-ce pas ? »

Après tout, sa mère avait lancé une sorte d'appel au secours, et j'étais convaincu que le garçon méritait ce coup de main. Le hic venait de Bertille. Elle risquait de ne pas comprendre qu'on ne puisse pas déprimer à la mort d'un compagnon. Même à quatre pattes. Donnant-donnant, à moi de le mettre à contribution :

« Bertille a énormément souffert à la mort de Tommy. Je pense qu'elle aurait du mal à accepter que tu utilises l'évènement pour n'importe quelle demande. Sauf peut-être pour adopter un nouveau chien. Mais pour jouer au rugby! Je veux bien entrer dans ton jeu, mais il faut que tu lui laisses croire que c'est pour aller mieux que tu veux entrer au club. J'expliquerai à Bertille que l'idée vient de moi. » J'étais aussi excité que lui par cette embrouille. Je continuai, façon conseil de guerre :

«La version officielle du compte rendu de notre discussion fera mention : premièrement que tu es très affecté de la mort du chiot. Deuxièmement que je t'ai convaincu que mieux valait qu'il meure jeune et en jouant : tu n'avais pas vraiment eu le temps de t'attacher, en tout cas d'avoir suffisamment de souvenirs pour que ton deuil soit insurmontable. Troisièmement, que pour prendre un peu de distance avec les activités solitaires propices à la mélancolie, tu ferais bien de trouver une activité te mettant en contact avec des jeunes de ton âge. Quatrièmement que ce sera Bertille qui sera chargée de convaincre ta mère de mettre en œuvre le troisièmement. »

Il s'est levé, et une main sur le cœur, en chuchotant pour ne pas attirer l'attention, m'a gratifié d'un « Yes Sir ! »

J'eus peine à cacher mon émotion, mais ai quand même pu articuler :

    « Au lit ! »

11

Il avait été convenu de l'horaire du petit déjeuner : sept heures et demie. Puis départ huit heures tapantes, le rendez-vous pour le départ au champ de bataille étant fixé à huit heures trente. La demi-heure prévue pour le transfert domicile-point de rassemblement ayant savamment été calculée en fonction de la distance Fouquin-Armentières et de l'hypothèse d'une circulation plutôt calme ce samedi matin. En accord avec nos hôtes, il avait aussi été dit qu'à sept heures, nous viendrions toquer à la porte de leur chambre afin d'assurer le temps minimum nécessaire à trois adolescents pour se réveiller, passer à la salle de bains et s'habiller. Dix minutes en moyenne était un temps minimum, qui pouvait s'allonger si l'un ou l'autre se levait avant notre coup de clairon. Madame Dumoulin nous avait prévenus :

« Vous avez de la chance, ce sont des garçons. Ils ne vont pas s'éterniser dans la salle de bains. Avec des filles c'est infiniment plus compliqué. »

Voila deux heures que j'étais sorti du lit.

Comme chaque jour. A profiter d'une mise en route calme, sans contrainte. Café, tour dans le jardin, café, lecture des mails puis du journal, café, accueil de Bertille vers six heures trente.

« Bonjour ! Bien dormi ? »

Elle vient me déposer un doux baiser.

« Je ne t'ai même pas entendu monter, hier soir. J'étais crevée. »

De fait, quand je suis monté après la discussion avec Harry, la télévision était en marche, dans la chambre. La télécommande était posée sur mon oreiller, signe que je pouvais éteindre : elle dormait. Ça m'arrangeait, le deal avec le jeune anglais était trop frais pour que je ne lui exprime clairement la compromission.

« Alors, hier soir, raconte ! Comment ça s'est passé ?

-Bien. Je crois qu'on peut faire quelque chose pour lui. Et je pense que c'est toi qui pourras être la plus efficace. C'est un sacré petit bonhomme. Il m'a confié qu'il avait bien de la peine d'avoir perdu son compagnon. »

Jusque là, pas de mensonge. Ça n'allait pas être simple de tenir le cap sans détourner la vérité. Après tout, la vie d'un jeune était en jeu. Alors, allons-y !

« Il a craqué en s'excusant de se mettre à pleurer, m'a dit qu'ici il était loin de chez lui et que ça l'aidait bien à oublier.

-Bravo ! Bonne idée de lui montrer la photo !

-Attends ! J'ai réussi à lui faire entendre que c'était triste mais que Tommy avait eu une belle mort. Et j'ai vite essayé de le faire parler sur lui, ses goûts, ses envies, sa famille. Il m'a dit qu'il aimerait faire partie d'un club de rugby. Mais que sa mère le surprotégeait. Elle avait peur pour lui et ne lui laissait que très peu de liberté. » Bertille écoutait tout en préparant la table pour le petit-déjeuner. Elle savait bien, par expérience, qu'il fallait se trouver une activité pour aider à faire le deuil. Pour elle, ce fut la cuisine. Je n'allais pas la contrarier en lui disant qu'Harry avait tourné la page Tommy quelques heures après l'accident.

« Tu crois qu'ils vont prendre des céréales ? J'en ai acheté de trois sortes, on verra bien. Et moi, qu'est-ce que je peux faire, alors ? »

En d'autres temps je me serai extasié sur la capacité des cerveaux féminins à gérer plusieurs choses en même temps. Mais il était urgent de continuer.

« Tu devrais contacter sa mère et lui raconter ce que je te dis. C'est sans doute plus facile pour une femme. Et en plus… »
Coup bas. Je fis semblant d'hésiter à exprimer ce que je savais être un des arguments capables d'enlever la décision.
« Quoi ? Ben vas-y ! dis le ! Quoi, en plus ?
-Il t'admire vachement. Il m'a dit que j'avais beaucoup de chance de t'avoir pour épouse. Que ce serait chouette de nous avoir comme parents. Mais avec sa mère en plus a-t-il dit. Il l'aime aussi bien sûr !
-Et son père ?
Deuxième uppercut au foie :
« Il est mort. Il a craqué encore quand je lui ai demandé ce que pensait son père du projet rugby. »
La nouvelle a dû occuper tout le cerveau de Bertille parce qu'elle s'est arrêtée net avec un pot de lait dans les mains.
« Pauvre tiot ! »
Ce coup-ci, plus de doute sur qui était le « tiot ».
« Il faudrait que tu puisses lui parler, toute seule avec lui, ce soir.»
Et pour clôturer cette première étape du projet,

j'ajoutai :

« Si tu veux passer à la salle de bains avant le rush, c'est maintenant. Je vais aller chercher du pain.

-Tu as raison. Je vais faire une toilette de chat au lavabo, je prendrais une douche en revenant d'Armentières. Prends des croissants, une baguette, et deux sortes de pain. Choisis ».

12

A sept heures pile, n'ayant rien entendu, je suis allé frapper à la porte de leur chambre, en disant qu'il était l'heure, d'abord à voix moyen-basse, puis normale, et une troisième fois sans ménagement. Un « Merci ! » me rassura : au moins Paul était vivant. Il se chargerait bien de réveiller ses compatriotes.

Fidèles à leur ponctualité, c'est à sept heures trente que le trio descendit pour le petit déjeuner. Fidèles à leur classement, Paul en tête, suivi de Lawrence et de Harry. Fidele a son habitude, Paul parla le premier, devançant la question traditionnelle dans ce genre de situation:

"Bonjour. J'ai très bien dormi. C'est très calme chez vous. Merci.

- Merci, aussi bien dormi." répéta Lawrence.

Harry avait repris sa tête de petit timide tracassé et s'est contenté d'un "Bonjour".

"Tout va bien? Il ne vous manque rien là haut? Vous avez pu vous organiser pour la salle de bains?" demanda Bertille.

-Oui oui, merci. Très bien s'organiser. Merci.

- Pour le petit déjeuner, prenez-vous du thé, du café, du chocolat? Ou du lait? Et voulez-vous aussi un jus d'orange?"

Lawrence a repris son air inquiet et s'est tourné vers Paul, qui avait fait son choix.

"Ow! Merci. Pour moi du thé s'il vous plaît. Et je veux bien jus d'orange aussi. Merci."

Cette fois encore, Lawrence fit confiance à son copain.

"Moi aussi. Merci"

Harry ne disant rien, Bertille le sollicita:

"Et toi, Harry, qu'est ce que tu bois?

-Juste un jus d'orange s' il vous plaît.

-Sûr? Tu ne veux pas une boisson chaude?

-Non, merci. Juste un jus d'orange.

-Servez-vous! Il y a des céréales, des confitures : abricot, fraise, cassis et rhubarbe. Et du miel. Du fromage aussi, et des yaourts. Ce beurre-ci est salé, et celui là sans sel. Et des fruits. Du pain au sel de Guérande, du pain au maïs, et de la baguette. Allez, prenez un croissant!"

Bertille rayonnait. Lawrence avait compris "croissant" et "baguette". Il avait repéré des morceaux de fraises dans un des pots de confiture, et ça lui suffisait. Je versai d'office un du jus d'orange dans le verre de Harry, et en proposai aux deux autres qui acceptèrent volontiers et le burent cul sec. Le plus jeune n'y toucha pas. Il avait retrouvé son air absent et mélancolique.

" J'adore les croissants! Et la baguette. Ow! Merci!" dit Paul.

Bertille apporta une carafe d'eau chaude pour le thé. Boisson inhabituelle chez nous. Il n'avait donc pas été prévu de petite coupelle pour recueillir le sachet mouillé quand il aurait fini son office. Quand Paul jugea que son infusion était à point, il sorti le sachet de son jus. Et chercha un endroit où le déposer. Pris de panique parce qu'une goutte était tombée sur la nappe, il voulut précipitamment mettre sa main libre en dessous. Le mug plein de thé était sur la trajectoire. Malgré la promptitude de la réaction de Paul pour rétablir l'équilibre, une jolie flaque brune avait eu le temps d'ajouter une couleur à la nappe blanche à fleurs mauves. Le garçon émit un juron dans sa langue maternelle. Lawrence, qui pour une fois était content d'avoir toujours une longueur de retard, éclata de rire. Harry mit plus de temps, comme s'il se retenait, mais finit lui aussi par se lâcher. Le désarroi de Paul faisait peine à voir. Il se leva, une main sur le cœur, se confondant en excuses :

"Ow! Pardon! Je m'exquiouse! Je pas fais attention! Je vais acheter un nouveau tissiou.

-Mais non! Pas de problème! Ce n'est pas grave. Tout va bien! " dit Bertille en épongeant avec du papier absorbant. Elle souriait, la bonne humeur de Harry l'ayant rassurée. Le petit s'en est vite rendu compte, et s'est dit que son manque de contrôle risquait de lui coûter son entrée au club de rugby. Il se dépêcha de se renfrogner.

Paul ne mit pas longtemps à se remettre de sa maladresse. Il engloutit la moitié de la baguette avec de la confiture d'abricot, Lawrence l'imita avec la confiture de fraises. Harry se contenta du croissant, prétextant qu'il n'avait pas faim.

Après le petit déjeuner Bertille distribua les paniers-repas. Un sandwich jambon-beurre-salade verte-rondelles de tomate, un sandwich beurre-fromage, une banane, une compote de pomme dans un pochon, une barre de céréales, un petit sachet de bonbons, une bouteille d'eau. Et une serviette en papier bleu blanc rouge. Le temps d'un brossage de dents et d'un passage aux toilettes, et il est l'heure de partir. Le cortège prend le couloir, Paul en tête, puis Lawrence, Harry, Bertille. Je ferme la marche. Quand le plus jeune est passé devant la porte entr'ouverte du bureau, il a ralenti, et lancé un regard vers la photo de Tommy. En excellent comédien, il a baissé la tête et porté une main à ses yeux. Bertille a posé une main sur son épaule. Il a tourné la tête vers elle en lui faisant un regard digne de la meilleure campagne de pub pour la S.P.A. Elle s'est mordu la lèvre pour ne pas verser une larme. Bon signe pour le club de rugby. Très bon signe.

13

Seul. Enfin seul ! Pouvoir faire un tour au jardin, revenir boire un café, écouter la radio, sans avoir à subir la présence de qui que ce soit. Et monter dans la chambre, en sortir nu pour rejoindre la salle de bains. Prendre une douche. Sèche, la cabine de douche ! Dans le même état que je l'ai laissée hier après un nettoyage en profondeur, terminé à la brosse dans les recoins pour déloger quelques grains de calcaire. Sèche donc inutilisée. Ou alors, ils sont particulièrement méticuleux. Et ont remis exactement à leur place la raclette façon essuie-glace et la lavette. Sèche aussi la lavette. Pas étonnant que la demi-heure ait suffi à la toilette des trois. A ce train là, dans deux jours, le vieux Joseph aura des concurrents. A peine ai-je terminé de me raser que ma séquence solitude a pris fin : j'ai entendu Bertille claquer la porte du garage, et demander comme à chaque fois qu'elle revient :

« T'es là ?

-Salle de bains ! »

Elle est montée.

« Alors, ça s'est bien passé ? Ils sont partis ?

-Oui, tout le monde était là. Pas de bouchon, le samedi.

-La douche était sèche. Ils ne l'ont pas utilisée.

-Je m'en doutais, dans la voiture, Paul a demandé si ce soir il pourrait prendre une douche. Ils n'ont pas dû oser. Tu crois qu'on devrait appeler la mère de Harry ?

-Tu devrais le faire avant qu'il ne reparte.

-Eh ! Et pourquoi moi ? C'est toi qui lui as parlé !

-Il faudrait que tu le voies aussi seule, ce soir. On attendra demain pour se décider à appeler. »

Pas besoin d'attendre demain : le téléphone fixe sonna dans la chambre. Bertille, plus proche du récepteur, le prit dans les mains et lut le numéro de l'appelant :

« 0044. C'est l'Angleterre. Tiens, réponds ! Tu te débrouilles mieux que moi en anglais

-Vas-y, tu me le passeras si t'y arrives pas », dis-je en feignant d'essuyer mon visage pour terminer mon rasage.

Cinquième sonnerie. Le répondeur va entrer en action. Elle en est consciente, et appuie sur la touche verte. Si elle m'avait lancé le même regard quand on s'est rencontré pour la première fois, je serais parti en courant. Faut dire qu'à l'époque, j'aurais pris le téléphone sans hésiter pour la soulager. C'était il y a quinze ans.

« Allo ? »

Bertille fronce les sourcils, très concentrée sur ce qu'elle entend. Je perçois une voix féminine. Instinctivement, Bertille met le haut parleur :

« ...de Harry. C'est bien chez vous que loge mon fils ?

-Oui oui, c'est bien ici. Tout se passe très bien, madame. Harry a bien dormi. Les enfants viennent de partir pour leur journée de visites.

-J'ai reçu un sms hier soir. Il est content d'être chez vous. Avez-vous eu la lettre que j'ai demandé de vous transmettre ?

-Oui. Ne vous inquiétez pas. Nous veillons sur lui.

-Il ne vous a pas parlé de Tommy ?

-Je vous passe mon mari. Il a pu discuter avec Harry hier soir. »

Le visage de Bertille s'est instantanément

détendu. Elle m'a lancé le même regard que quand on s'est rencontré pour la première fois. Si je lui avais alors répondu avec l'air haineux que j'avais maintenant, elle serait partie en courant. Pas faire de gaffe. En dire le moins possible. J'avais prévu de fignoler la stratégie avant ce soir. A mon uppercut, Bertille a répondu par un coup plus bas que le foie.

« Bonjour Madame. Harry parle très bien français ! Et vous aussi, d'ailleurs.

-Je suis née à Bordeaux. Je suis arrivée en Angleterre quand j'avais vingt ans. Harry vous a parlé de Tommy ? »

Plus le temps de délayer la sauce. De répondre : « Oui. Et quel temps avez-vous à Londres ? »

Allez. Vas-y, Jacques. Lance-toi !

« En fait, c'est un hasard extraordinaire : nous avons vécu la même tragédie l'année dernière. Et notre petit chien était un beagle, et s'appelait Tommy. Harry a vu sa photo dans le bureau et j'ai pu discuter avec lui. Il était triste, bien sûr. Mais votre fils me semble très réfléchi pour son âge. Je lui ai fait comprendre que c'était sans doute mieux pour Tommy d'être mort sans souffrir, en jouant. »

Je savais bien que jusque là, c'était un peu maigre pour la convaincre que son fils pouvait aller mieux. Et il ne fallait surtout pas brûler les étapes. C'était le moment de mettre Bertille dans le coup.

« Vous savez, ma femme a beaucoup souffert de la perte de notre chiot. Elle pourra aider Harry à avancer. Elle va discuter ce soir avec lui.

-Merci, monsieur. Je ne sais pas si Harry vous l'a dit, mais il a perdu son père il y a six ans. Nous devions héberger des jeunes français et il refaisait une chambre. Il s'est électrocuté en remplaçant une applique. Ça a dû lui faire du bien de parler à un homme. Désolée, je n'ai plus de temps maintenant, j'ai un cours dans vingt minutes. Je file à la fac.

-Nous vous rappellerons demain matin, madame Chiltern. Mais rassurez-vous ! Harry est dans de bonnes mains.

-Merci, merci mille fois. Bonne journée. »

14

Elle fut plutôt bonne, la journée, pour nous. Samedi tranquille : marché de Varquin le matin, crêperie le midi, retour pour une sieste, longue balade dans la campagne flamande, retour vers dix-sept heures, poulet au maroilles oblige. Le retour du front étant prévu à dix- huit heures trente. Bertille assurant seule l'intendance et le transport des troupes, il fallait anticiper pour que le diner soit pratiquement prêt à dix huit heures. Il n'y aurait qu'à préparer la sauce juste avant de servir. Nous avions acheté un méga poulet fermier au marché le matin. J'avais pour mission de surveiller la volaille dans le four : m'assurer que le volatile ne se soit pas envolé et l'arroser souvent. Le retourner vers dix-huit heures quinze. Fin de cuisson prévue dix neuf heures. Tout s'est passé à peu près comme prévu. Le « à peu près » tenant dans l'arrosage du poulet et dans son changement de position dans le plat. Arroser souvent ? Qu'est-ce à dire ? Très vague, le « souvent ». J'avoue que j'ai souvent oublié cette consigne. En fait, non ! Je n'avoue rien. On verra bien ! Et je n'avouerai pas non plus le vol plané sur le carrelage quand il a fallu imposer au poulet, qui n'avait rien demandé, de se faire bronzer le ventre, le dos ayant eu sa dose. N'ayant reçu aucun cours sur la technique à utiliser pour retourner un poulet dans son plat, qui plus est un poulet de deux kilo quatre, j'ai bien dû improviser. Les deux cents degrés du four m'interdisaient de le prendre à pleines mains. J'avais aussi compris qu'il était hors de question de le piquer. J'avais repéré à l'opposé de ce qui avait été la tête une ouverture assez large pour introduire un ustensile. Et j'imaginais que ladite ouverture donnait accès à une cavité suffisamment profonde pour pousser la cuiller en bois assez loin, soulever l'ensemble, faire tourner la bête sur cet axe avec une pince à spaghetti, et la reposer dans le plat. Horreur : la volaille semblait encore pleine ! Bertille se serait-elle fait rouler quand elle a acheté le poulet ce matin ? Ce me semblait peu probable. Je m'interdis de continuer à chercher une explication. Vite, trouver une solution. La seule possible : passer sous le corps une large spatule, l'enserrer avec la cuiller en bois sur le dessus, soulever l'ensemble et faire le demi-tour. Les trois premières étapes ont été franchies avec succès : passer, enserrer, soulever. Il s'en est failli d'un rien pour que le demi-tour aussi soit réussi. Bien que peu arrosée, la peau était suffisamment huilée pour que le poulet entier ne glisse entre les deux ustensiles. J'ai juste eu le temps de m'écarter pour le laisser tranquillement s'étaler sur le carrelage.

« Oh ! Putain ! »

Premier réflexe : regarder l'heure ! J'ai le temps d'assumer. Allez, hop ! Une boule d'un quart de rouleau de Sopalin dans chaque main, je ramasse la bête qui ne peut se défendre, et la pose sur le ventre dans le plat. Ses amies ont souvent dit à Bertille, fée du logis, que dans sa cuisine, on pouvait manger par terre. Bonne nouvelle. Un petit coup d'arrosage et retour au four. L'autre moitié du rouleau de papier a servi à éponger, essuyer, laver, et sécher le sol. Et mes souliers, qui avaient justement besoin d'un léger graissage pour entretien.

Quand Bertille est rentrée, l'odeur du poulet grillé dominait largement. Un nez expert aurait aussi détecté des oignons émincés et blondis dans du beurre, mais pas de maroilles. Cru, le rayon d'action de ce fromage est très limité.

« Hummm ! Ça sent très bon ! Merci ! »

commenta Paul

« Alors, la bataille de la Somme, c'était bien ?

-Très intéressant. Il y a eu beaucoup de morts. »

Le garçon avait retenu l'essentiel. Et n'avait apparemment pas trop envie de s'éterniser sur le sujet.

« Peut-on monter un moment dans la chambre ? Et prendre une douche ?

-Bien sûr !

-A quelle heure le repas ?

-Dix neuf heures quinze, ça vous va ? » demanda Bertille.

Paul, en chef de bande, organisa le temps libre.

« Oui oui, très bien. Je vais le premier à le douche, et Harry ensuite. Je crois que Lawrence veut se reposer un peu. Il prendra son douche après le repas. »

Paul savait que Lawrence voulait surtout disposer de suffisamment de temps pour contacter sa petite amie. Harry a suivi les deux autres sans rien dire.

Bertille est allée immédiatement dans la cuisine prendre des nouvelles de son poulet, et constater qu'il reposait sur le dos.

« Ça se présente bien ! Ça a été ? Tu l'as bien arrosé ? Pas trop de mal pour le retourner ?

-Non, mais dis donc, t'es sûre qu'il a été vidé ? Pas moyen de lui fourrer une cuiller dans le cul !

-Ben oui, quelle question ! Il est farci, tiens ! »

Farci ! Sans doute histoire de l'alléger !

« T'es sûre que tu veux faire la sauce au maroilles ? » tentai-je une dernière fois

-Mais oui, il faut bien qu'ils goûtent à la cuisine locale, non ? »

Certes. Mais un bon potjevleesch, un lapin aux pruneaux, des carbonades flamandes auraient aussi dignement représenté notre patrimoine culinaire. Il est vrai que la préparation du poulet au maroilles prenait nettement moins de temps. Bertille a donc ajouté la crème fraîche aux oignons blondis qui patientaient dans le fond de la casserole. Cet ingrédient n'est pas dans toutes les recettes de sauce au maroilles. Mais inconsciemment sans doute, Bertille a-t-elle voulu améliorer les performances de nos trois jeunes hôtes pour le concours de pets qu'en bon ados ils ne se priveraient pas de lancer après le coucher ? Le fromage du Nord avait été coupé en dés et attendait sagement dans une assiette. Il rejoint le contenu de la casserole chauffée juste à bonne température. La délicate odeur des pieds de Joseph a progressivement envahi la cuisine. La hotte aspirante, position extraction maximale, et la porte donnant dans la salle à manger fermée permettaient de limiter les dégâts. La cuisson des frites, accompagnement obligé, rendait paradoxalement l'air plus respirable. La dominante était quand même due au fromage. L'heure du repas arrivée, il fallut bien ouvrir la porte, et permettre une diffusion dans tout le rez-de-chaussée. Pour une fois, c'est Lawrence qui s'est présenté le premier dans la salle à manger. Déchaussé. Sans doute avait-il dû écourter sa conversation galante, car il affichait une mine particulièrement déconfite. A moins que ce ne fût à cause de l'idée qu'il pouvait se faire du plat qui l'attendait. Paul descendit presque aussitôt. Il lança un regard horrifié vers les pieds de son ami, et ne put s'empêcher de s'adresser à lui en anglais. L'autre s'est défendu avec véhémence, mais, soumis, est remonté.

« Harry a fini avec le douche. C'est possible Lawrence prendre le douche avant manger ? » demanda Paul.

-Ce serait mieux après, le repas est prêt »,
répondit Bertille

-Heumm. Je crois que c'est mieux que
Lawrence lave ses pieds avant manger. Parce
que, heumm, … » Le garçon ne sachant comment
finir son explication reniflait comme un chien qui
flaire une piste. Bertille comprit l'allusion
immédiatement.

« Oh ! Mon Dieu ! Mais non ! C'est le
maroilles qui sent ainsi. Les pieds de Lawrence
n'y sont pour rien ! » Et de crier au bas de
l'escalier :

« Lawrence ! Descend ! Paul va
t'expliquer ! »
Paul, connaissant son ami, savait qu'il ne
reviendrait pas tout de suite. Il est remonté lui
expliquer sur place. Il a croisé Harry dans le
couloir. Dès son entée dans la salle à manger, le
petit a regardé mes pieds puis ceux de Bertille.

« Non non, ne t'inquiète pas ! L'odeur est
celle de la sauce au maroilles ! Mais elle est
délicieuse, tu vas voir. »
Des éclats de rire à l'étage nous ont rassurés sur
les capacités de Paul à jouer les médiateurs. Sans
doute venait-il d'inventer la recette en donnant la
durée de macération des chaussettes dans leur jus.

Les deux jeunes ont dévalé quatre à quatre les escaliers. Quand j'ai apporté le plat de viande, les trois visages ont marqué un début de soulagement : la sauce était servie à part. Juste une légère inquiétude pour cet amas de viande hachée disposée au milieu des cuisses, ailes et blanc rassurants. Le plat de frites a nettement contribué à satisfaire nos hôtes.

« Et maintenant, la sauce au maroilles ! » dit fièrement Bertille en posant un grand bol plein à ras bord. « Prenez-en un peu, pour goûter, vous verrez ! »
Lawrence eut une rechute et repartit d'un fou-rire.

« Ow ! Merci ! , dit Paul, avec un « merci » nettement moins convaincant que d'habitude. Je vais prendre un petit peu. »

Il déposa le fond d'une louche sur le coin de son assiette, piqua une frite et la trempa dans la sauce. Il souffla dessus, pour retarder l'instant fatidique, puis se lança. Quatre paires d'yeux étaient complètement absorbés par la scène. Paul mâcha quelques secondes, sourcils froncés, avant de donner son verdict :

« C'est excellent ! Je peux en reprendre un peu plius ?

-Mais bien sûr ! Vas-y ! » dit Bertille

triomphante.

Intrigué, Harry en demanda aussi, « pour essayer ». Gagné !

Lawrence était encore réticent. Mais en voyant Paul en reprendre une troisième fois et en couvrant frites et poulet d'une couche de sauce, il se dit qu'il devait quand même savoir à quoi ça ressemblait. Paul l'encouragea, et Lawrence déposa une goutte sur un bout de pain.

« Mets en plus, tu ne vas pas sentir le goût », dit Bertille.

Lawrence doubla la dose, respira un grand coup et mit le croûton en bouche. Encore gagné !

« Très bon ! » confirma-t-il. Il déposa le reste de la tranche de pain par-dessus son assiette et la tartina de sauce.

A voir l'appétit des trois, on aurait cru qu'ils revenaient des tranchées. Cent ans plus tôt. Quand vint le moment du dessert, nouvelle émotion. Positive, cette fois. A l'annonce de la crème brûlée, c'est Lawrence qui prit les devants :

« J'adore la crème brioulée ! »

Vexé d'avoir réagi un poil trop tard, Paul ajouta :

« Ow ! Merci ! C'est mon dessert favorite. Merci ! »

Harry s'exprima aussi, exceptionnellement, mais

toujours à l'économie, attitude sous contrôle exige :

« Moi aussi. »

Les sujets de conversation abordés pendant le diner furent variés : bref retour sur les visites du jour, mais Bertille et moi avons vite compris qu'ils avaient eu leur dose, puis étude comparative des systèmes scolaires britanniques et français. Cela valu une discussion animée sur le port de l'uniforme, obligatoire dans le collège qu'ils fréquentaient, et les couleurs des cravates. Un désaccord sur leur nombre fut réglé par Harry : il y en avait sept. Bleu clair, vert clair, marron, bleu foncé, vert foncé, rouge, selon les âges et les circonstances. Et une noire pour le deuil.

« Ah ! Oui ! J'oubliais la noire !, dit Paul. C'est pour quand un vieux professeur ou quelqu'un du collège est tué. »

-Bigre ! Ça doit être une tradition datant de la guerre ! dis-je.

-Mort, rectifia Harry. Il veut dire mort. Nous portons la cravate noire pour les messes de funérailles.

-Je croyais que c'est pareil, mort et tué, justifia Paul. Au monument du champ de bataille, cet après midi, c'était écrit « Morts pour la France ». Je ne pense pas qu'ils étaient morts en lisant une livre ou en jouant le rugby ! Alors, je croyais que mort et tué c'est pareil ! »

Lawrence rebondit sur le seul mot qu'il avait capté :

« Ow Oui ! Le rugby, ce soir. »

Je sautai sur l'occasion pour clôturer une discussion qui me semblait annonciatrice d'un conflit Paul-Harry.

« Qui va gagner, ce soir ? Toulouse ou Northampton ?

-Northampton ! »

La réponse à l'unisson m'a rassuré.

« Le match commence à vingt et une heures. Ça nous laisse un peu de temps libre. Voulez-vous faire un petit tour à pied dans le village ?

« Ow ! Oui ! Merci ! », dit Paul, enthousiaste de tout.

Lawrence aurait vingt fois préféré se retirer dans sa chambre pour tenter de renouer le contact avec sa chérie, mais il n'osa pas décliner l'invitation.

« Allez-y, je vais rester ranger et faire la vaisselle. » dit Bertille.

Que les choses soient claires ! Je ne lui ai jamais

imposé de tâche ménagère. Mais l'habitude était prise : dès la fin du repas, tout devait être lavé rangé. C'était sans doute pour elle un moment privilégié où elle se réjouissait de constater que les assiettes étaient vides, et que le menu avait bien plu. En tout cas, ça m'arrangeait de le penser.

Harry se démarqua une fois de plus.

« Je préfère rester avec vous. M'autorisez-vous à vous aider ? »

Chapeau ! Demandé comme ça, impossible de refuser. S'il avait dit « Puis-je vous aider », ou « Je vais vous aider », elle aurait pu dire non. Mais refuser une autorisation pour une bonne action risquait de déclencher un incident diplomatique. La demande était d'autant plus subtile que Harry savait pertinemment que Bertille voulait lui parler.

« Eh bien, d'accord ! »

Paul s'est senti obligé de s'associer :

« Je vais aussi vous aider !

-Non, non ! Vas faire un tour avec Lawrence et Jacques. Nous sommes assez de deux. »

« Allez, en route ! » dis-je, pressé de leur laisser le champ libre.

15

Je choisis pour la promenade un itinéraire qui permettait de ne pas rentrer trop tard, mais qui donnait à Bertille le temps de se laisser berner par Harry. Visite classique d'un village français, rues désertes à cette heure du jour. La partie campagne, bien plus avenante, était réservée pour le lendemain dimanche, journée complète à occuper. Si j'avais voulu décourager les jeunes de sortir le soir en cachette, je ne m'y serais pas pris autrement. Passage en revue des bâtiments sans aucun intérêt : école, mairie, église. Ni beaux ni laids, juste là parce qu'il le faut. J'étais tout occupé à penser à ce qui pouvait bien se passer à ce moment dans la cuisine. Les deux jeunes anglais discutaient et chahutaient gentiment en se bousculant. Je les laissai en récréation. La discussion s'anima quand nous avons traversé la place de l'église, au centre de laquelle trônait le monument aux morts.

« Il y a un club de chasseurs, à Fouquin ? demanda Paul. Il y a presque la même stat'ioue dans mon village au club des chasseurs ».

Le monument représentait un poilu armé, fixant l'horizon. A ses pieds, un aigle mort. Nous nous sommes approchés, et en arrivant de face, Paul s'est rendu compte de sa méprise :

« Ow ! Je suis bête ! C'est écrit dessus ! C'est pour la guerre ! ».

Ça m'a permis d'éviter les explications sur la symbolique de l'aigle terrassé. Lawrence semblait fasciné par le bronze. Il est resté quelques secondes de plus que nous face à la statue. Il a failli se faire renverser par un bolide en traversant la chaussée pour nous rejoindre. Les torts étaient à partager. Certes, le conducteur du véhicule, en bon franchouillard, a accéléré à la vue d'un passage piéton, d'autant plus quand quelqu'un s'en approchait. Et Lawrence en était tout retourné, enfin presque. Il se demandait comment un véhicule venant de sa gauche a pu le frôler, alors qu'il était prêt à poser un pied sur la chaussée, n'ayant rien vu à sa droite. Nous regagnâmes ensuite le domicile très groupés.

« Tiens ! Vous voila déjà ! dit Bertille qui sortait du bureau. Alors, cette balade ?

-Ow ! Merci ! Lawrence a presque eu un accident. C'est dangereux les routes ! »

Lawrence avait bien compris que Paul évoquait son étourderie, et voulut changer de sujet :

« Nous avons viou le stat'ioue avec les noms des chasseurs. Très joli .»

Paul ne put s'empêcher de le remettre en place :

« Tu es stupide ! C'est une stat'ioue pour la guerre ! »

Comme presque chaque jour, Lawrence se dit que ce n'était pas son jour. Harry, qui suivait Bertille, avait comme elle les yeux rougis. Elle comme lui s'étaient arrangés pour nous tourner le dos. Je vins à leur secours en envoyant les deux plus vieux à l'étage :

« Le match commence dans dix minutes. Vous avez un peu de temps pour passer aux toilettes et vous brosser les dents. Je vous appellerai quand ça commence.»

Paul et Lawrence ignoraient qu'il n'était pas dans mes habitudes de me préoccuper à ce point de l'hygiène dentaire de mes invités. Ils obtempérèrent.

«Ça va, vous deux ?

« Oui oui ! Harry a voulu revoir la photo de Tommy. Je vais appeler sa maman demain. C'est un super garçon ! » répondit Bertille. Alors qu'elle se retournait pour regagner la cuisine, le gamin me fit un clin d'œil, et serra discr107ètement la main en levant le pouce. Machiavélique. Comme il savait que je savais qu'elle ne savait pas, je me suis permis de lui demander de me laisser un instant seul avec Bertille. Il ne s'en offusqua pas, convaincu que c'était pour battre le fer. Bien chaud. Il regagna sa chambre. En entrant dans la cuisine, je trouvai Bertille face à la fenêtre. Mauvaise impression. Comme aux pires moments de sa dépression. Et si nous étions allés trop loin ? A trop me focaliser sur Harry, j'avais oublié sa fragilité à elle.

« Ça va ? Qu'est-ce qu'il t'a dit ? »
Elle s'est tournée vers moi, signe qu'elle n'avait pas rechuté au niveau d'il y a quelques mois. A l'époque, à la moindre tentative de discussion, elle me tournait le dos et ne répondait rien.

« Il est super, ce petit bonhomme. Il m'a d'abord parlé de sa mère et de lui, rien sur Tommy. Comme s'il avait peur de réveiller des souvenirs. Il m'a dit qu'il lisait beaucoup parce que sa mère ne voulait pas le laisser sortir. Quand je lui ai demandé s'il avait des amis, il m'a parlé de Bobby. Il venait souvent chez lui, pour regarder la télé ou pour des jeux vidéo. Il m'a dit que Bobby avait beaucoup de chance, parce qu'il jouait au rugby, qu'il aimerait faire partie de son équipe mais qu'il n'osait même pas en parler à sa mère. Il a essuyé toute la vaisselle en me racontant tout ça. Et quand il a fini, il m'a demandé s'il pouvait encore voir la photo de Tommy. »

Jusque là, rien de nouveau pour moi, à part Bobby. J'en étais à me dire que c'était bien maigre pour pousser Bertille à convaincre la mère de Harry. Elle continua :

« Quand nous sommes entrés dans le bureau, il s'est dirigé tout droit vers la photo, et a baragouiné quelques mots en anglais. Il parlait à son chien, d'abord l'air triste, puis s'est ouvert et a souri. J'ai juste compris « Catch the ball, Tommy ! Catch the ball ! Ça veut dire attrape la balle, c'est ça ?

-Oui oui, c'est ça.

- Ensuite… »

Bertille parqua une pause, et se concentra pour s'efforcer de ne pas pleurer.

« Ensuite, il a éclaté en sanglots. Je lui ai posé la main sur l'épaule, et il me l'a fermement repoussée, et m'a dit :

« Attraper la balle, c'est tout ce dont je rêve. Quand nous jouons au rugby au collège pour le sport, le professeur dit que je serais un très bon ailier. Madame, je ne veux pas regarder le match de rugby ce soir. C'est trop difficile pour moi. Je sais que je ne pourrai jamais y jouer. » »

Bertille était bouleversée, le gamin avait fait fort. Elle continua :

« Il s'est excusé de pleurer devant moi. Je lui ai dit que j'appellerai sa mère demain pour essayer de la convaincre. Il m'a dit que j'étais très gentille, mais qu'il croyait que ce ne serait pas possible. Je lui ai demandé de regarder le match avec vous. Là-dessus vous êtes rentrés. »

Finement joué ! Je ne croyais pas une seconde que Harry fût incapable de voir un match de rugby à la télé. Il se ferait violence pour ne pas rester avec nous. Mais sa tactique semblait payer. Bertille était décidée :

« On va appeler sa mère demain. Faut essayer de faire quelque chose. Tous les jeunes de son âge ont besoin de se dépenser. Et de voir davantage de copains. »

Juste que je connaissais bien le sens du « on » chez Bertille C'était la forme diplomatique du « tu ». J'avais jusqu'à demain pour réfléchir au moyen de le transformer en « je ».

16

J'avais allumé la télé et l'heure de la retransmission était arrivée. Je criai au bas de l'escalier :

« Eh Oh ! Les garçons ! Ça commence ! »
Une cavalcade à quatre jambes amena Paul et Lawrence dans le salon. Harry suivait, sans empressement. Les trois se sont installés sur le canapé face à l'écran, j'étais sur un fauteuil, décalé, près du plus jeune. J'avais proposé laisser mon siège à Bertille et de m'asseoir sur une chaise, mais elle portait au sport à la télé le même intérêt que moi pour les sacs à main.
Vint le moment des hymnes. A notre grande surprise, juste avant que l'hymne anglais ne soit joué, nos trois gaillards se sont levés. Garde à vous. Main sur le cœur. Et de chanter religieusement en même temps que les milliers de supporters dans le stade. Qu'on m'explique un jour pourquoi les poils de mes bras sont si sensibles à ces moments de solennité. J'ai posé la main sur l'épaule de Harry, qui l'a aussi fermement repoussée que celle de Bertille tout à

l'heure, preuve que son esprit n'était pas aussi absorbé par le respect de la Reine qu'il ne semblait le montrer. Un coup d'œil vers Bertille me prouva qu'il venait encore de marquer un point : elle haussa les épaules, l'air de dire :
« Tu vois ! »
S'en est suivi une des scènes les plus surréalistes que les murs du salon aient pu encadrer. Quand vint le temps de la Marseillaise, nous ne pouvions faire moins bien que nos hôtes. Si mon frère avait assisté à la scène, il se serait empressé de la filmer et de la faire partager au monde entier via je ne sais quel site. Dieu merci, pas d'autres témoins que les trois anglais. Parce que je n'ai jamais été foutu de chanter deux notes sans que le premier sourd venu ne soit tenté de porter plainte. Impossible de ne pas faire croire que je me fous royalement de notre hymne républicain si j'essaie de m'associer à la chorale des supporteurs. Un cerf qui brame chante mieux que moi. J'ai donc choisi de me taire, mais en fermant les yeux comme si je dégustais une brise marine un soir d'été au bord d'une plage déserte, et en bougeant doucement les lèvres pour accompagner les paroles. Bertille, qui chantait à merveille, vint à mon secours en entonnant l'hymne en solo. Les

trois jeunes n'y ont vu que du feu.

Coup d'envoi. Paul et Harry se sont mis à discuter en anglais, l'un parlant sur l'autre. Il est vrai que les commentaires en français ne les incitaient pas au silence. Bertille s'absenta et revint avec un plateau chargé de bonbons de toutes sortes. Et des chocolats. Des biscuits aussi. Elle posa le plateau sur la table basse du salon.

« Ow ! Merci ! Formidable !» s'exclama Paul.

« Ow Merci ! » suivit Lawrence.

Tous deux se levèrent et prirent une poignée de fraises Tagada pour commencer.

« Vas- y ! Sers toi aussi, Harry » lui dis-je en tendant l'assiette.

-Non merci, je ne mange pas de bonbons.

-Un chocolat, alors !

Non non, merci. »

Il avait repris un air soucieux. Et d'ajouter :

« Puis-je monter dans la chambre pour lire un peu, s'il vous plait ?

Bertille m'intima des yeux l'ordre de répondre.

« Tu n'aimes pas le rugby ? fis-je, surpris

-Ce n'est pas ça, répondit-il en regardant tristement Bertille. Ce soir je préfère lire.

- Fais comme tu veux.

-Demain c'est dimanche, ajouta Bertille. Tu peux dormir tant que tu veux. Mais ce n'est pas une raison pour lire toutes les bandes dessinées jusqu'au matin.

-Je ne lis pas de bandes dessinées.

-Ah ! Et peut-on savoir ce que tu lis en ce moment ?

-L'écume des jours, de Boris Vian.

-Ouaow » ! fit Bertille.

Elle s'attendait à une réponse du genre « le Club des Cinq va camper », voire un Bob Morane !

« Et ça te plait ?

-Oui oui. C'est ma mère qui m'a dit de le lire. »

Ça, ça ne faisait aucun doute ! Je m'imaginais bien que ce n'est pas de lui-même qu'un gamin de onze ans se pointe dans une librairie anglaise pour demander l'écume des jours. Peut-être après celui là devra-t-il se taper « Critique de la raison pure » ? Il était vraiment temps de faire quelque chose. Et j'ai compris à son regard effaré que Bertille était bien d'accord. Harry se leva, nous souhaita une bonne nuit et regagna sa chambre. Bertille le suivit, préférant s'endormir sur une série américaine, au lit.

Elle fut bien inspirée, parce que dès qu'elle a

quitté le salon, l'ailier toulousain s'est fait littéralement écraser par un arrière anglais. L'image reprise au ralenti était impressionnante. Le français a d'abord été plaqué en pleine course par un défenseur, et le gros arrière est venu terminer la neutralisation en plongeant sur le toulousain. Si Bertille avait vu la scène, elle aurait immédiatement fait livrer à Harry les œuvres complètes de Nietzsche et Kant. Et Sartre pour alléger. Paul et Lawrence ne s'étaient pas inquiétés de l'absence de Harry. Sans doute se disaient-ils qu'il était trop intello pour goûter les subtilités d'un match de rugby. Le match s'est terminé sur une égalité : seize à seize. Rare au rugby, très rare.

« Allez, au lit ! Et demain, vous pouvez faire la grasse matinée. »
Paul connaissait les mots, mais pas l'expression.

« Ow ! Nous allons encore beaucoup manger ? Tout le matin ?

-Non non ! Grasse matinée ça veut dire que tu peux dormir tant que tu veux !

-Ow ! Merci ! Jusque huit heures ?

-Même plus tard si tu veux !

-Super ! Bonne nuit !

-Merci, bonne nuit, reprit Lawrence.

-Et merci, ajouta Paul, pour avoir le dernier mot.

-Bonne nuit, les gars. » dis-je, façon chef de commando dans les meilleurs films de guerre américains. Fatigué, je les suivis dans l'escalier. En entrant dans la chambre, je trouvai Bertille endormie par sa série soporifique. Elle se réveilla cependant partiellement pour me marmonner :

« Faudra appeler sa mère, demain. Faut qu'il joue, ce gamin.

-Bonne nuit, chérie

-Bonne n… »

17

« Deux baguettes et cinq croissants, s'il vous plait.

-...et cinq croissants. Voici. Ça fait six quatre-vingt. Et avec vos anglais, ça va bien ?

-Très bien, merci. Ils sont très bien élevés.

-Vous avez de la chance ! Ma belle sœur en a accueilli deux le mois dernier, ils lui ont saccagé la chambre qu'elle venait de refaire pour eux. Et ils ont usé le chien. Le pauvre en a fait un avc. Depuis, il marche à reculons. Et sa langue pend en permanence. A voir, ça fait rire, mais c'est pas pratique pour sa gamelle : il doit faire demi tour quand il y est arrivé. Pareil pour quand il renifle une bonne odeur : il doit bien calculer pour se diriger. Ben oui, son nez est de l'autre côté. »

La boulangère en a toujours une bonne à raconter. À chaque client. À l'heure où je vais chercher le pain, il n'y a pas foule. Mais en période d'affluence, il n'est pas rare de voir des clients pressés ressortir sans pain, excédés par un temps d'attente bien supérieur à celui dont ils disposent.

A mon retour Bertille était déjà levée, occupée à dresser la table pour le petit déjeuner. Je me suis bien gardé de faire allusion au chien de la belle sœur de la boulangère.

« Bonjour chérie. Bien dormi ?

-Pas trop. Tu n'as pas pris de pain ?

-Ben il en reste presque deux entiers, d'hier.

-Mais je ne peux pas leur donner du pain de la veille !

-De toute façon ils n'en prennent pas ! Laisse-les comme ça, on fera des tartines grillées.

-T'as raison. Qu'est-ce qu'elle raconte, la boulangère ?

-Rien de spécial Elle m'a demandé des nouvelles des anglais. Tu lui en avais parlé ?

-Oui, et elle m'a dit que sa belle sœur en avait reçu le mois dernier. Ils lui ont tout démoli un parterre de fleurs, et elle a retrouvé dans la poubelle de leur chambre les sandwiches qu'elle leur avait préparés pour la journée. Et après leur départ, il manquait un Tintin dans leur bibliothèque. »

Ouf ! pour le chien : pas d'allusion. Par contre, il faudra que je fasse l'inventaire de mes livres avant que les jeunes ne lèvent le camp.

« A quelle heure penses-tu que c'est mieux pour appeler la maman de Harry ? demanda Bertille.

-Il y a un décalage horaire avec Londres : une heure de moins. Vers neuf heures c'est bien, non ? J'irai faire un tour avec les trois s'ils sont levés. Il vaut mieux que tu sois seule pour téléphoner.

-Comment ça que je sois seule ? Comment ça ? » Le ton ne laissait aucun doute sur la contrariété de Bertille. Elle continua :

« Tu peux l'appeler, toi. Après tout, c'est toi qui lui as dit que tu rappellerais aujourd'hui. » J'avais longtemps réfléchi à la manière de convaincre Bertille de contacter elle-même madame Chiltern. J'ai rapidement éliminé la solution «humour et jalousie», mettant en avant que la photo de sa mère que m'avait montré Harry sur son téléphone me donnait très envie de la connaître davantage. Et qu'après tout, si ça pouvait aider Harry, je pourrais lui proposer de venir s'installer chez nous pour un ménage à trois. Pas une bonne idée : ça aurait peut-être éveillé chez Bertille des soupçons complètement infondés. Le mieux était de jouer sur la fibre sensible.

« Mais tu es beaucoup mieux placée que moi pour discuter avec une femme. Et hier soir, il s'est lâché avec toi, pas vrai ? Et tu lui as dit que tu appellerais sa mère.

-Comment tu sais ça ?

-Ben tu me l'as dit quand tu m'as raconté ce qu'il s'est passé dans le bureau, hier. Et quand tu es sortie dans la cuisine pour chercher les bonbons, il m'a dit tout bas, dans le salon : « Votre femme va appeler ma mère, demain ».   Si tu avais vu son regard! Plein d'espoir. »

Bon, d'accord, j'ai brodé un peu. Harry ne m'avait rien dit de tout ça.

« Si j'appelle, j'aimerais que tu sois là. Je n'y connais rien en rugby ! »

Ça progresse ! Elle se fait à l'idée d'appeler. L'argument pour que je sois près d'elle quand elle parlera à sa mère est touchant de ridicule : je ne vais pas m'amuser à donner les règles de ce sport, ni expliquer que les clavicules des joueurs sont particulièrement exposées à des fractures.

« D'accord, je serai là. On les enverra faire un tour sans nous. Après tout, ils n'ont pas quatre ans.

-Oui, je leur demanderai d'aller chercher

des œufs chez Zélie. Je la préviendrai. Ça les occupera une demi-heure.

Zélie ! Quatre-vingt six ans. Son mari était cultivateur. Il est mort il y a vingt ans, au lendemain de sa retraite. Elle vendait à la ferme des légumes, des poulets, des lapins et des œufs. Sous le manteau, bien sûr ! Rien d'officiel. Et elle choisissait ses clients. Et elle soignait plus particulièrement monsieur Ducamp, contrôleur fiscal. Celui-ci fermait les yeux sur cette activité lucrative. D'abord parce qu'il en profitait largement. Ensuite parce qu'en bon agent soucieux des finances de la nation, il savait que tout l'argent amassé par Zélie reviendrait finalement à l'État. Aucun héritier connu. Et de l'argent, il y en avait ! Le train de vie de Zélie rivalisait avec celui d'un ver de terre. Elle portait toujours la même robe bleu marine, le même tablier de jardin vert et blanc. Une discrète inscription «Offert par Rustica », en travers de la poitrine, rappelait sa provenance. Il ne serait jamais venu à l'idée de Zélie d'acheter un magazine de jardinage. A plus forte raison de s'y abonner. Un voisin lui avait offert, du temps de son mari. Les seules factures qu'elle daignait acquitter étaient pour l'électricité et le téléphone.

L'eau était pompée d'une grande citerne qui recueillait la pluie de tous les toits de la ferme. Et le téléphone ne servait qu'à recevoir les appels. Zélie portait une affection toute particulière à Bertille. Faut dire que celle-ci la chouchoutait. Il lui a fallu du temps pour être apprivoisée. Étrangère au village, non pratiquante, cela suffisait pour qu'elle ne soit jamais admise chez la fermière. Et puis. Et puis, je l'avais choisie à la place de Marie. Adolescent, mes premiers émois étaient dus à cette fille du boulanger d'alors. Et Zélie nous recevait souvent à la ferme, faisant pour nous des projets qui nous amusaient. Il a fallu que Bertille persévère pour être admise. Et un jour, ma femme lui a porté une tarte à la courgette. Zélie fut déstabilisée, se demanda comment une femme à qui elle montre tant d'animosité pouvait vouloir lui faire plaisir. C'était bien mal connaître Bertille. Depuis ce jour, elle la considérait comme sa propre petite fille.

18

Harry se leva le premier. Il est descendu en pyjama, preuve qu'il était à l'aise.

« Bonjour Harry, bien dormi ? demanda Bertille.

-Oui, très bien merci. Et vous ? » Impossible de savoir si cette réponse avait un côté ironique, avec un sous-entendu : « Avez-vous réfléchi à ce que vous direz à ma mère ».

-Oui, bien dormi, répondit Bertille. Nous avons déjà pris notre petit déjeuner. Veux-tu un thé ?

-Non, merci. Juste un jus d'orange, s'il vous plait.

-Ça dort encore, là haut ? demandai-je.

-Paul va arriver. Lawrence dort encore. » De fait, Paul se pointa en pyjama aussi, l'air moins réveillé que Harry. Il était huit heures. C'était l'heure à laquelle il était réglé pour une grasse matinée.

« Bonjour ! Ow ! Merci ! Petit déjeuner français ! J'adore. »

Bertille et moi répondîmes à l'unisson :

« Bonjour Paul.»

Et moi d'ajouter :

« Lawrence dort encore ?

-Oui, je pense qu'il s'est endormi tard. Il a commiouniqué avec sa copine je crois. »

La perche était tendue. Bertille la saisit à deux mains :

-Et toi, tu as une copine ? »

Paul répondit avec un naturel déconcertant :

« Ow ! Oui ! Ma copine s'appelle Sandy. Elle a mon âge. Je l'ai déjà baisée avec ma bouche. »

Ouch ! Que faire ? Rectifier ? Demander des précisions ? Ignorer ? Je me devais quand même de préciser à ce garçon le bon usage des verbes du langage amoureux. Après tout, il était venu en France aussi pour ça. Harry, qui mangeait son croissant, n'avait rien perdu de la cocasserie de l'échange.

« Tu veux dire donné un baiser sur la bouche ?

-Oui, c'est ça. Je l'ai baisée avec ma bouche.

- Alors, tu dois dire « embrassée sur la bouche »

-Ah ! je ne peux pas dire que je l'ai baisée ?

-Non ! Embrassée sur la bouche.

-Mais quand dit on « je l'ai baisée ? »
Ça m'apprendra à jouer les malins.

« On peut dire « je lui ai donné un baiser ».
Et dans ce cas, baiser n'est pas un verbe.
Regarde : je donne un baiser à Bertille. »
Je m'approche de ma femme, et pose mes lèvres
sur sa joue, qu'elle tend volontiers pour la
démonstration.

« Ah ! J'ai compris ! Vous avez baisé votre
femme ! »
Bertille, craignant que tout l'autocar ne soit au
courant de ce qui était présentement une méprise,
essaya d'aider le jeune à comprendre.

« On ne dit pas le verbe « baiser ». On dit
« un baiser ». C'est comme un objet, une chose
que l'on donne. Harry a trouvé une très bonne
occasion de nous venir en aide, et augmenter
encore son capital sympathie. Il s'adressa à Paul
en anglais. Il parla volontairement vite pour que
nous ne puissions suivre son propos. J'ai juste
saisi « kiss » et « fuck », et en français
« embrasser ». Suffisant pour comprendre. Paul
baissa les yeux vers sa tasse de thé.

« Ow ! Je m'exquiouse.   Je ne savais pas.
J'ai jiouste embrassé Sandy. Pas baisée.

-Voila ! Tu as compris ! dit Bertille soulagée. »

Je me suis fait violence pour ne pas jouer les prolongations, en demandant pour m'assurer que tout était bien compris : « Mais tu aimerais bien la baiser, pas vrai ? ».Non ! Je me tus, craignant une réponse du genre

« Je l'ai déjà fait, bien sûr ! » qui nous aurait cloué le bec. C'est juste à ce moment que l'on entendit Lawrence dévaler l'escalier. Il est apparu à l'entrée de la pièce, cheveux hirsutes, tout habillé, sac sur le dos, l'air complètement affolé.

« Eh ! Bonjour, Lawrence ! Tu as eu peur de manquer ton bus ? Cool ! C'est dimanche aujourd'hui ! ».

Je m'étais efforcé de parler lentement, en articulant exagérément. Bertille prit le relais pour le rassurer.

« Viens ! Assieds-toi. Ce matin, nous avons le temps. Pas d'autocar aujourd'hui. Veux-tu un jus d'orange pour commencer ? »

Lawrence reprenait doucement ses esprits. Il avait en quelques secondes eu le temps d'imaginer le pire. Devoir rester quelques jours, sans l'aide de Paul pour les traductions, avec des hôtes certes gentils, mais qui ne manqueraient pas, le temps de l'attente du rapatriement, de lui faire avaler quelques grenouilles.

« Ow ! Merci ! commença-t-il. Je … hum … dormir. Je m'exquiouse.

-Mais non, pas de problème ! Aujourd'hui, nous avons tout le temps, dit Bertille. Quand vous serez prêts, ce matin, j'ai un service à vous demander. Voulez-vous aller chercher des œufs pour moi ? »
La fin de la phrase ne laissait pas de place pour un refus. Si c'est pour elle on doit y aller.

« Ow ! Oui, bien siour ! Nous allons aller chercher des œufs. Merci !» répondit Paul, toujours enthousiaste. Harry l'était moins, mais il avait compris l'enjeu. Lawrence n'avait pas tout capté. Il se contenta d'ajouter « Merci ! » au cas où.
Et sur le coup de neuf heures, le trio prit la route pour rendre visite à Zélie. La ferme était facile à trouver : elle était juste après le panneau fin d'agglomération sur la route à droite après l'église.

19

Il n'était que huit heures à Londres. Nous avons encore attendu un bon quart d'heure avant d'appeler, mais Harry nous avait prévenus que sa mère se levait tous les jours tôt pour écouter les informations sur une radio française via Internet. Bertille essaya une dernière fois de me refiler le bébé.

« Tu ne crois pas que ce serait mieux que ce soit toi qui lui parle ?

-Non. Allez, vas-y. Je suis là. Si vraiment ça cafouille, tu me la passes. Mets le haut parleur ! »

Linda Chiltern ne fut pas longue à décrocher. Tant mieux! Sans doute attendait-elle avec impatience. Cela nous donnait confiance en nos chances de réussite.

« Allo ?

-Allo ! madame Chiltern ?

-Oui.

-Bertille Tücher à l'appareil. C'est nous qui accueillons Harry. Bonjour madame.

-Oui oui, bonjour. Comment ça va avec

Harry ?

-Très bien, vraiment. Vous avez un sacré petit bonhomme. J'ai pu discuter un moment, seule avec lui, hier soir. Il vous aime vraiment beaucoup. »

Belle entrée en matière. J'aurais été très surpris que Bertille adoptât une stratégie suicidaire : « Votre fils est une teigne. Il vous déteste. Mettez-le dans un établissement spécialisé. Il fera du rugby pour se défouler et vous aurez la paix ! » Mais je ne m'attendais pas à ce qu'elle entre d'emblée dans le vif du sujet.

« Vous a-t-il déjà parlé de son envie de jouer au rugby ?

-Oui, il aime bien ce sport. Il en fait parfois au collège. Quel est le rapport avec Tommy ?

-D'après ce que j'ai compris, Harry passe beaucoup de temps à lire, ou regarder la télévision. Ou sur l'ordinateur. A mon sens, une activité physique en plus lui ferait du bien : il rencontrerait davantage de jeunes de son âge et pourrait se dépenser. Ça l'aiderait sûrement à tourner la page Tommy.

-Mais Harry n'est ni asocial ni impotent !» Le ton de la réponse ne présageait rien de bon. Linda Chiltern se sentait agressée. Pour preuve, elle continua sèchement:

«Je suis contente de savoir que Harry passe un bon séjour en France. Et je vous remercie de l'avoir si bien accueilli. Je vous souhaite une bonne journée ! »

Catastrophe ! Il ne fallait pas en rester là. Si elle raccrochait, nous n'aurions plus d'espoir de voir Harry intégrer l'équipe.

« Attendez ! Je ne vous ai pas tout dit ! »

Comment ça, je ne vous ai pas tout dit ! Soit elle m'avait caché quelque chose, ce qui ne lui était pas familier, soit elle bluffait, et s'apprêtait à une improvisation, ce qui ne lui était encore moins familier. Et à vrai dire m'aurait surpris au plus haut point. Je fus surpris au plus haut point.

« Avez-vous vu le film « Didier » ?

-Cette histoire d'un chien devenu homme qui était gardien de but ?

-Oui oui, c'est ça ! »

Première manche gagnée par Bertille. Linda Chiltern n'a pas raccroché. Mais je reste abasourdi par l'entrée en matière. Bertille continue :

« J'ai parlé de Tommy avec Harry. Ça n'a pas été facile. Mon mari vous a dit que j'avais connu la même situation l'an dernier, avec notre

Tommy. Je m'en suis sortie, et ça m'a même aidé. J'ai développé une passion pour la cuisine. Je n'en ai jamais parlé à personne de mon entourage, mais au début, tout ce que je cuisinais était pour Tommy. Et mon mal-être s'en est allé. Très rapidement. Mon chiot n'est pas tombé dans l'oubli. Mais aujourd'hui, de Tommy ne me restent que des souvenirs. Plus de manque. Harry est encore en manque. »

Madame Chiltern compatit, mais posa la question qui me turlupinait aussi :

« Je comprends bien, madame Tücher. Mais quel rapport avec Didier ?

-Le ballon, madame Chiltern. Le ballon. Surtout ne pensez pas que j'imagine un seul instant que Harry soit la réincarnation de Tommy. La comparaison vaut juste pour leur association. C'est Harry lui-même qui m'en a donné l'idée. Je suis sûre que ça l'aiderait vraiment à tourner la page. Après un silence embarrassé, Linda Chiltern botta en touche.

«En tout cas, je vous remercie pour le temps passé avec Harry. Et je suis désolée des soucis que j'ai pu vous apporter. »

Manière polie et rapide de dire « T'es sûre que tout va comme il faut dans ta tête ? »

Bertille l'a bien compris.

« Je suis très consciente que ce que je vous dit peut sembler ridicule. Harry sait tout l'amour que vous lui portez, et je peux vous dire qu'il vous le rend bien. Et il a l'âge de jouer au ballon. C'est vraiment un petit bonhomme extraordinaire, mais si vous le laissez se cantonner à des activités intellectuelles, vous en ferez un intello ordinaire. Avec un sport en plus, il restera vraiment hors du commun. »

Bertille avait la manie de faire les gestes et mimiques quand elle était au téléphone, qui lui auraient permis de convaincre une classe entière de sourds. Elle m'avait regardé pendant tout son discours, comme si j'étais Linda Chiltern. La vraie Linda Chiltern n'avait eu droit qu'à la version audio. Pour aveugles. Moins efficace.

« Je vais y réfléchir, merci », répondit-elle. Et de continuer, pour bien montrer que le débat était clos :

« Puis-je connaître votre programme pour aujourd'hui ?

Bertille comprit qu'il était inutile, voire risqué d'insister. D'un air pincé, perceptible jusque dans l'intonation, elle répondit :

« Nous verrons bien. Nous avions prévu

une balade et des jeux en plein air, mais si vous préférez, mon mari peut rester à la maison avec Harry. Il pourra lire dans sa chambre ! »

Cette fois-ci, c'est moi qui ai grimacé. J'ai même porté un index vers ma tempe. Bertille avait redressé la tête, avec l'air satisfait de celle qui vient de placer correctement une pique.

« Oh non, bien sûr ! Harry doit faire comme les autres !

« Ah ! Vous voyez bien ! C'est vous qui l'avez dit ! »

Elle tendit vers moi son poing fermé pouce levé, et me fit un clin d'œil appuyé. Et pour laisser son interlocutrice méditer sur cette bonne parole, elle se dépêcha de mettre fin à l'appel.

« Excusez-moi, madame Chiltern, je dois vous laisser. N'hésitez-pas à nous rappeler. Harry mérite vraiment qu'on l'aide à avancer. Je vous souhaite une bonne journée.

-Merci. Bon dimanche à vous tous. Et merci encore ! »

Bertille appuya sur la touche figurant un téléphone rouge, compta jusque cinq en silence, et vérifia que ma photo était revenue sur son cadran, signe que la communication était réellement interrompue. Elle avait pris cette habitude la fois où, n'ayant pas appliqué cette procédure, elle avait émis à haute voix un « C'est pas possible ! Quelle conne ! » à la fin d'un appel de sa copine Véro qui lui avait déballé ses déboires sentimentaux. Celle-ci l'avait rappelée immédiatement pour lui signifier qu'elle avait bien entendu sa réplique, et Bertille avait dû rectifier le tir en laissant croire à ladite copine que c'est à elle-même qu'elle s'en était prise, ayant laissé brûler une préparation posée sur le gaz.

« Pas facile, la bonne femme, hein ? Qu'est-ce que t'en penses ? me demanda Bertille.

-Ça va mûrir. Tu as bien parlé. J'ai juste eu peur que tu n'en viennes à des insultes ! Mais tu as finement joué le coup. Super conclusion. Tu vois que tu sais raccrocher quand tu veux ! ».
Allusion aux appels de plus d'une heure auxquels elle ne pouvait mettre fin. Et pour passer à autre chose, j'ajoutai :

« Mais dis donc ! Je viens de comprendre pourquoi pendant des semaines j'ai mangé des boulettes de viande hachée accommodées à toutes les sauces, et la cure de pot-au-feu avec gros os à moelle, et les osso bucco. Tu as de la chance que je ne me sois pas mis à me gratter l'oreille avec ma patte arrière !»

Elle a souri, s'est approchée et a réuni ses mains derrière mon cou. Nous n'avons même pas eu le temps de commencer notre baiser à la Morgan-Gabin. Le trio était de retour.

« Alors, vous avez trouvé Zélie ? demandai-je

-Oui. Elle est très gentille. Voici les œufs. Elle nous a montré les lapins, dit Paul. Merci. Il y en avait de très jeunes, très jolis.

-Très jolis, confirma Lawrence. »

Harry ne dit rien, mais il avait l'air plus soucieux que d'habitude. Il savait que nous avions appelé sa mère et avait hâte de connaître le résultat de notre conversation.

« Je vais préparer le repas pour ce midi, et ensuite nous irons promener dans la campagne. Comme ça je n'aurai qu'à le réchauffer en rentrant. Vous avez une demi-heure de libre, ça vous va ?

-Oui, merci. Pouvons-nous monter dans la chambre ? s'enquit Paul

-Bien sûr ! On vous appellera quand on sera prêt. »

Lawrence avait foncé le premier. Plus à l'aise qu'au début, et hyper motivé par l'espoir d'un contact avec sa belle, il a couru dans le couloir et monté les deux étages quatre à quatre. J'ai fermé les yeux, guettant le moindre crac d'un balustre ancestral. Mais Dieu merci ! Lawrence était suffisamment jeune et agile pour ne pas devoir faire usage de la rampe. Paul suivit à la même allure, et en dix secondes, les deux avaient atteint le second étage. Restait Harry, qui ne tourna pas autour du pot :

« Vous avez pu appeler ma mère ?

-Oui, répondit Bertille. Je lui ai parlé du rugby. Elle ne m'a pas raccroché au nez ! Elle a dit qu'elle allait réfléchir.

-Alors, c'est non ! »

Depuis deux jours que je le connaissais, je ne lui avais jamais vu cet air si sincèrement triste.

« Je n'en suis pas si sûr, dis-je, convaincu du contraire. Ta mère a bien écouté Bertille, et marqué des silences comme si elle prenait du temps pour réfléchir. »

Je n'étais pas obligé de préciser que les temps de silence duraient moins d'un quart de seconde. Je m'attendais à ce que Harry ne me rejoue le « Hola ! Malheureux ! Vous connaissez les femmes ! », mais sans doute la présence de Bertille lui a-t-elle fait bifurquer vers une formule plus délicate :

« Quand ma mère dit qu'elle va réfléchir, ça veut dire non. Elle n'a pas voulu vous décevoir, mais ça veut dire non.

-Et bien moi je ne dis pas comme toi, dit Bertille. Tu ne connais pas les femmes ! Elle n'a sans doute pas voulu admettre que j'avais raison, mais je suis sûre qu'elle va vraiment réfléchir. Crois-moi, on en reparlera ! »

Elle avait marqué un point décisif : Harry et moi nous sommes regardés, mi amusés, mi surpris par l'allusion à notre connaissance des femmes. Le jeune anglais afficha un sourire qui me rassura. Bertille le prit par la main, et l'entraina dans la cuisine :

« Allez, viens! Tu m'aideras à préparer les salades pour ce midi.

20

Le parc de la Meule est un espace préservé, peu fréquenté, et nous avons la chance d'habiter à vingt minutes à pied. Qui plus est, pour y accéder, nous devons emprunter un chemin à travers champs. Difficile de passer complètement à côté de la Grande Guerre, même un dimanche où le programme est libre. Le cimetière allemand marque la fin de l'agglomération et le début du chemin de terre. De grands tilleuls apportent de l'ombre aux stèles parfaitement alignées sur un gazon impeccable. Gamins, nous venions souvent jouer sur le terrain jouxtant ce cimetière. Nous n'y pénétrions que très rarement, pour aller chercher un ballon dégagé trop loin. En silence, et presque sur la pointe des pieds. Respect. Allemands, Britanniques, Australiens, Français, mais aussi Polonais, Indiens, Tchécoslovaques. Ces lieux nous apprenaient la géographie en même temps que l'histoire. Et la plupart des soldats qui y reposaient, enfin en paix, avaient moins de 25 ans. Quelle connerie la guerre ! Quel gâchis ! Les trois jeunes anglais avaient bien intégré que le dimanche, c'était jour de trêve de cours d'histoire. Sans doute avaient-ils pressenti une allusion de ma part à la guerre quatorze : ils ont piqué un sprint sur proposition de Paul, sur la longue ligne droite qui longeait le cimetière et partait dans les champs. Besoin de se défouler, sans doute. C'était bien de leur âge. Harry, bien que plus jeune que ses deux compatriotes, se détacha et finit en tête les deux cents mètres. J'étais impressionné :

« T'as vu ça ? Quelle vitesse ! Mets-lui un ballon dans les mains et il va marquer avec trois longueurs d'avance !

-Je parierai qu'il vient de faire cette course pour achever de nous convaincre ! dit Bertille

-On a fait ce qu'on a pu ! Il n'y a plus qu'à attendre que ça mûrisse dans la tête de sa mère.»
Quand nous avons rejoint le trio, Paul et Lawrence terminaient de reprendre leur souffle. Harry se fit un plaisir de demander posément s'il fallait prendre à droite ou à gauche à la fourche qui terminait la ligne droite.

« A gauche ! répondit Bertille. Nous entrerons dans le parc de l'autre côté de l'entrée principale, par le bois. C'est plus sympa et il n'y a presque personne. Et avec un peu de chance… »

Elle marqua un petit temps pour créer un suspens, comme si elle s'apprêtait à révéler un secret

« …et avec un peu de chance nous verrons un renard ! »

Plusieurs fois de suite ces jours-ci, nous avions vu un renard traverser le chemin à travers bois, toujours au même endroit. Les animaux qui peuplaient le parc étaient ordinaires : lapins, hérons, grenouilles, mais le renard était rare dans la région.

« Ow ! dit Paul ! Je n'aime pas les renards ! Il y en a des milliers à Londres. Parfois ils entrent dans le maison. »

Cette réplique cloua le bec à Bertille pour dix bonnes minutes, plus vexée que déçue. Nous avancions, elle et moi, en arrière du groupe, les jeunes menant la marche. Arrivés à la clairière aux marguerites, ils s'extasièrent devant le tableau : c'était la pleine saison de leur floraison. Nous étions contents de voir qu'ils appréciaient, mais le comportement de Lawrence nous intrigua. Il était littéralement scotché devant les fleurs blanches au cœur jaune. Visiblement ému. Il se mit à genoux et s'appliqua à en photographier une en gros plan. Bertille s'est approchée de lui :

« Elle est jolie, n'est-ce pas ?

-Oh ! Oui, très jolie ! » répondit-il, gêné.

Paul éclata de rire.

« Je sais pourquoi il fait la photo ! dit-il. La fleur c'est sa fiancée ! »

Lawrence lui lança un regard assassin et dit un seul mot en anglais, qu'un interprète modéré aurait traduit par « connard ! »

Bertille me regarda pour savoir si j'avais compris. Pas vraiment. Lawrence aurait-il un trouble, un vice, une déviance, une perversion dont nous n'aurions pas été informés ? En voyant nos regards médusés, Harry vint à l'aide :

« Ces fleurs sont des marguerites, n'est-ce pas ? En anglais, on dit « daisy ». C'est le prénom de la petite amie de Lawrence.

-Ah ! C'est joli, Daisy ! dit Bertille. »

Lawrence ne répondit rien, mais leva vers ma femme des yeux tout embués, avec un regard qui, si je n'avais suivi la scène précédente, m'aurait déclenché un violent coup de pied dan sa tronche.

Après les champs et les bois, nous attînmes le canal de la Haute Meule. La région était parcellée par ces petits canaux qui permettaient il y a quelques siècles de transporter les productions agricoles et industrielles. Les péniches se faisaient rares en ce temps où tout doit aller vite, mais il en passait quand même encore une bonne dizaine chaque jour. Dimanche compris. Celle qui nous a dépassés était chargée de matériaux de construction, sable et pavés. Je philosophais en pensant aux dizaines de camions qu'elle remplaçait, à la force phénoménale qu'elle développait, sous une apparence si tranquille et apaisante, quand Paul vint m'interroger :

« Comment s'appelle ce bateau ?

-Une péniche. Vous devez en voir aussi beaucoup en Angleterre, non ?

-Ow Oui ! Mon grand-père en conduisait. Je suis allé une fois avec lui. C'était super. Et toi, que faisait ton grand-père ? »

Je ne saurai jamais si cette question était arrivée là juste pour donner une suite à la conversation ou si Paul s'intéressait vraiment à mon histoire familiale. Toujours est-il qu'elle m'est apparue très insolite, et si elle avait été posée comme ça tout d'un coup sans rapport avec rien, je l'aurai trouvée incongrue.

« Mon grand-père était tailleur.

-A cause de la guerre ?

-Non, dans le civil. Pendant la guerre il était prisonnier en Allemagne. Mais après la guerre il était tailleur.

-Ow ! Je m'exquiouse ! Je ne savais pas !

-Mais tu n'as pas à t'excuser ! Tu n'as rien dit de mal ! »

La centaine de mètres qui a suivi, parcourue en silence, me fit comprendre que quelque chose turlupinait Paul. C'est lui qui reprit la parole, soucieux de lever un doute.

« C'est à cause du divorce ?

Si j'avais dû résoudre seul l'énigme que me posait cette question, sûr que j'y serais encore. Comme Paul était juste à côté de moi, je lui ai demandé de l'aide.

« Le divorce ? Quel divorce ?

- De ton grand-père.

- Je ne comprends pas ! Pourquoi penses-tu que mes grands parents ont divorcé ?

-Tu dis que ton grand-père était ailleurs. Mes parents sont divorcés, et mon père aussi est ailleurs ! »

Mes éclats de rire firent se retourner Bertille et les deux autres qui avaient pris une vingtaine de mètres d'avance. Je m'empressai de lui expliquer :

« Mon grand père faisait des costumes avec du tissu. Son métier était « tailleur ». »

Et de me souvenir instantanément de la phrase la plus ridicule, inutile, mais la plus connue de tous les français qui ont appris l'anglais : « my tailor is rich »

 -En anglais, vous dites « tailor » en français « tailleur ».

 -Ow ! c'est drôle ! dit Paul, qui rit de bon cœur avec moi. »

Nous étions attendus par le trio de tête qui voulait savoir pourquoi tant de bonne humeur. J'ai expliqué en français à Bertille, qui éclaté de rire. Harry avait écouté les explications en français, et a quitté provisoirement son air fermé pour un sourire furtif mais sincère, avant de sombrer à nouveau dans la mélancolie. Ce fut plus laborieux pour Paul, qui essaya en anglais d'expliquer l'origine de la confusion à Lawrence. Harry aurait pu en deux mots arrêter la discussion animée entre ses deux compatriotes, mais il n'avait visiblement pas la tête à ça. Paul dut donc se débrouiller seul. Cinq cents mètres plus loin le débat fut clos, sans que je ne sache alors si Paul était arrivé à ses fins.

 De retour à la maison, nous fîmes honneur sans nous forcer à Bertille, dont les salades variées réjouirent les quatre mâles. S'il était une concession que j'aurais refusée pour ce week-end de réception, c'eût été de sacrifier ma sieste dominicale. Je n'ai pas eu besoin de négocier. Bertille savait que ce moment était quasi vital, et proposa une heure de temps libre. Paul et Harry, à ma grande surprise, demandèrent s'ils pouvaient en profiter pour … faire une sieste ! Accordé ! Harry proposa ses services à Bertille. Elle comprit l'appel du jeune garçon et l'emmena en cuisine. Deux minutes après m'être allongé dans le lit, je dormais déjà. Bonheur.

21

L'animation à Lille le dimanche après-midi laisse à penser qu'elle est faite pour préparer la mélancolie du dimanche soir : rues quasi désertes, vitrines éteintes, voire cachées par un rideau de fer, bistrots fermés. Cette ambiance particulière ne nous déplaisait pas, à Bertille et à moi. Mais comment n'avions nous pas pensé qu'elle était aussi inadaptée à trois jeunes adolescents qu'un feu d'artifice pour les aveugles ? Pourquoi les avoir emmenés rendre visite à une morte, sortie plutôt déplacée à proposer à des invités. Nous avons vite perçu la déception des trois jeunes anglais qui s'attendaient sans doute à trouver une ville trépidante. La météo vint à notre secours. Le ciel dégagé du matin avait laissé place en début d'après midi à des nuages de plus en plus menaçants. La menace fut mise à exécution à seize heures précises. Ou plutôt à seize heures et quatre secondes. Nous étions juste en train d'admirer le carillon animé du beffroi de la manufacture des tisserands et drapiers, avec six autres badauds. Au premier coup de cloche, une marionnette sortait par une porte en bois. Elle représentait un homme en tenue d'apparat portant le drapeau de la corporation. Les trois coups suivants lançaient l'apparition successives d'autres personnages, tous en rapport avec l'activité dans le textile. S'en suivait une petite danse de ce joli monde sur un air joué par les cloches. C'était à midi que le spectacle était le plus intéressant, douze figurines tournant alors au rythme de la musique. Mais ce dimanche, l'apparition de la porteuse de bobines, quatrième sur la liste des acteurs de seize heures, déclencha une averse mémorable. La parfaite synchronisation entre le coup de cloche et la chute des gouttes pouvait laisser croire à une défaillance du mécanisme. Je n'eus pas le loisir de le faire remarquer à mon entourage : nous courûmes nous abriter sous le porche de la grand'porte fermée du bâtiment.

« Et en plus, je n'ai pas pris de parapluie. Tu n'irais pas chercher la voiture ? essaya Bertille

-Dès que ça se calme, répondis-je. »

Bertille avait plein de qualités. Parmi ses défauts, il en est un que j'ai eu beaucoup de mal à intégrer. Quand elle avait une idée en tête, rien ni personne ne pouvait lui enlever. Ce n'est pourtant pas faute d'avoir essayé. Elle était persuadée que ses cheveux étaient solubles sous la pluie. Ses amies ont bien tenté de me venir en aide : rien à faire. Au début, ça m'a franchement fait rigoler. Nous avons eu beau lui expliquer que quand elle se douchait elle retrouvait à un ou deux près l'intégralité de sa tignasse, elle continuait à avoir une peur panique de l'eau de pluie. Je me résignai donc à parcourir les deux cent mètres à vol d'oiseau nous séparant de la voiture. Ayant encore quelques progrès à faire pour décoller, surtout sous la pluie, j'empruntai le chemin terrestre le plus court, long de trois cent cinquante mètres. Sans courir. Au début. Parce qu'après cent mètres de marche rapide, une nouvelle chasse d'eau céleste me ruina le souffle, le polo et pantalon. Exténué, j'arrivai à la voiture. Quand je me suis aperçu que c'était Bertille qui avait les clés, j'ai éclaté de rire. C'était plus original que d'éclater en sanglots, les gouttes d'eau ruisselant sur mon visage auraient fait passer mes larmes inaperçues. J'imaginai Paul à genoux dans une flaque, implorant le pardon pour avoir demandé de reporter son sac dans le coffre, peu après que nous ayons quitté la voiture. J'avais donné les clés à Bertille qui s'était proposée pour l'accompagner.

Le retour à la maison fut plutôt calme. Pour tout dire silencieux et triste. La conjugaison de la pluie et du dimanche soir qui se pointait rendait l'atmosphère limite lugubre. Même Bertille d'ordinaire si loquace ne sortait pas un mot. Chacun seul dans sa tête. J'imaginais l'objet des pensés de chacun. Paul devait se dire qu'il était responsable de ce retour avancé. Lawrence se demandait s'il y avait un garçon de son âge dans la famille qui accueillait sa Daisy. Harry se disait que décidément, nous ne valions pas mieux que les autres. Bertille s'en voulait d'avoir prêté le sèche-cheveux à la voisine. Et moi, j'imaginais l'objet des pensées de chacun, pour éviter d'en rajouter. Il fallait casser tout ça. Et occuper le temps qui resterait avant le dîner. J'ai rompu le silence :

« Si on jouait à « Dobble » quand on sera rentré ?

-Bonne idée ! dit Bertille. Vous connaissez ?

-Qu'est-ce que c'est ? » demanda Paul.

Bertille essaya d'expliquer :

« C'est un jeu de cartes. Sur chaque carte il

y a des dessins et quand on retourne une carte du tas resté sur la table, il faut repérer le seul dessin qui est sur la carte que vous avez en main. Le premier qui a trouvé montre le dessin, le nomme, et pose sa carte sur la table et on continue jusqu'à ce qu'un joueur n'ait plus de carte».

Tentative d'explication diversement reçue par les jeunes :

« Ah ! oui ! je me souviens. J'ai déjà joué, dit Harry

« Ow ! Merci ! Mais je n'ai pas compris», dit Paul.

Lawrence se demanda ce qui les attendait. Fidèle à ses habitudes, il n'avait pas saisi un mot du discours de Bertille. Il avait juste compris la réponse de Paul, et ne voyait pas ce qu'il pouvait dire d'autre :

« Merci. Je n'ai pas compris aussi.

-Ce sera plus facile avec les cartes devant vous. C'est amusant, vous verrez. »

Amusant ce le fut. Bertille reprit ses explications cartes en main. Lawrence se voyait perdu d'avance, ne connaissant que deux ou trois noms parmi la cinquantaine de symboles possibles. En découvrant les dessins, il se dit qu'il n'avait aucune chance de déposer ne serait-ce qu'une carte sur la table. Même les plus simples -arbre, chat, soleil - lui auraient demandé un temps très supérieur à ses concurrents. Et il n'avait aucune idée de la traduction en français de « point d'exclamation, panneau de sens interdit, toile d'araignée, clé de sol » parmi les dizaines d'autres. Il devait être joueur dans l'âme, car il tenta d'exprimer son handicap, sur un ton que l'on n'aurait pas soupçonné. Outré. Indigné. Limite révolté

« J'ai compris le jeu mais je ne connais pas les mots. Je ne veux pas jouer. »
Bertille perçu son désarroi, et se dépêcha de le rassurer.

« Mais nous allons jouer en anglais ! Et nous vous dirons ensuite le mot en français. Ce sera une bonne leçon de vocabulaire.

- Ow ! Merci ! dit Paul »
Le handicap avait changé de camp, mais en adultes responsables, nous nous devions de laisser gagner un de nos invités. Nous dûmes reprendre les explications dès le premier essai, Paul se contentant de nommer les dessins de la carte centrale sans même regarder la sienne. Lawrence qui avait bien compris la règle, lui traduisit en anglais, se sentant autorisé à utiliser sa langue

maternelle. L'envie de gagner et la vivacité étant très nettement supérieures aux nôtres, Bertille et moi ne faisions qu'observer les jeunes sans pouvoir désigner un seul des dessins. Sauf une fois. Mal m'en pris. Selon la langue utilisée, certains mots sont identiques pour désigner des choses différentes. Exemple en français : une feuille. Ce peut être une feuille de papier ou une feuille d'arbre. Sans la précision, et sans contexte impossible de savoir de quelle feuille il s'agit. De même en anglais, la feuille de papier, justement, se traduit par « sheet », et c'est le même mot pour « drap. » Autre particularité de chaque langue, la prononciation. Vous pouvez sans risque vous engager à payer une Rolls Royce à un débutant anglais s'il prononce sans faute « turlututu ». Pour nous, les sons pour sortir correctement un « th » se limitent phonétiquement à « z » au début, ou « s » en fin de mot. Et c'est bien un cumul de ces difficultés qui m'a valu de regretter de tenter de gagner ne fut-ce qu'une fois le concours de rapidité. Un des symboles représentait une feuille d'érable. Une feuille. Pour moi, « sheet ». Incompréhensible pour un anglais, la feuille d'un arbre se disant « leaf ». L'équivalent dans l'autre sens serait de dire « drap » en montrant une feuille de papier. Même pas, parce qu'en plus de la confusion des mots, par ma prononciation du mot « sheet », j'ai bloqué trois regards effarés en montrant le dessin reconnu et en disant à la française :

« Shit »

Et devant le blocage des autre joueurs, Bertille comprise, j'ai répété fier de moi, en montrant la feuille :

« Shit ! This is shit ! »

Muets. Ils sont tous trois restés muets. Mal à l'aise. Je venais de mettre mon doigt sur de la merde. Et j'insistais. Bertille comprit et vint à mon secours :

« Que veux-tu dire ?

-Une feuille. C'est « sheet », non ?

-Pour un arbre, c'est leaf. Et comme tu l'as prononcé, c'est de la merde ! »

Oh putain ! Comment me sortir de là ? Je tentais une explication en français, comptant sur Harry pour traduire à ses compatriotes qui avaient un train de retard.

« Oh ! Je suis désolé ! En français, c'est le même mot pour une feuille d'arbre et une feuille de papier. Et j'ai choisi le mauvais ! Je croyais que l'on disait « chit » ».

Et je prononçais ce dernier mot comme les autres fois. Pour eux, c'est de la merde. Après cinq essais où j'ai tenté de répéter en distinguant les nuances entre « shit » et « sheet », j'abandonnai. Le mal était fait, mais vite réparé quand mes quatre concurrents furent pris d'un fou-rire qui ne me vexa pas. Ou presque.

Le jeu s'acheva sur une victoire cinglante des britanniques, Lawrence en tête. Lui et Paul avaient gagné la quasi-totalité des parties. Harry n'avait pas semblé vraiment motivé par le jeu de société. Bertille et moi avions élégamment laissé la victoire aux jeunes. Nous n'aurions pu faire autrement.

22

La demi-heure précédant le repas du soir fut laissée libre, avec le conseil de Bertille de penser à rassembler les affaires pour le départ du lendemain matin. Je me retrouvai ainsi seul avec elle pour la première fois depuis la sieste, et m'empressai de lui poser la question qui me taraudait depuis lors :

« Alors, qu'est-ce que vous avez raconté, toi et Harry, pendant ma sieste ?

-Rien de bien nouveau. Il m'a fait comprendre que je ne devais pas insister pour le rugby. Je pense qu'il y a un réel problème avec sa mère. Je n'arrive pas à comprendre comment on peut brider un gamin à ce point et prétendre l'aimer.

- Moi non plus. Mais je ne me fais pas trop de souci pour Harry. Il est hors norme. Je ne …»
Bertille me coupa fermement la parole, et haussa le ton pour me demander :

« Veux-tu que je te prépare des sandwiches pour demain ? »
Elle ouvrit en même temps les yeux à s'en faire

sortir les globes des orbites, puis cligna trois fois des paupières et fronça les sourcils. Gymnastique bien inutile, pour me faire comprendre que Harry était à la porte de la cuisine. Le changement brutal de sujet de conversation avait suffi pour m'alerter.

« Oh ! Harry ! Entre ! Tu veux quelque chose ? » demanda Bertille.

Le gamin avança lentement, le regard vers le sol.

« Je voulais vous remercier pour ce que vous avez fait pour moi. Je préfère vous voir seul. »

Il était blême, et son entrée dans la cuisine nous a figés. Bertille a quand même essayé de bredouiller :

« Ben, on n'a rien fait de particulier. »

Harry a lentement levé les yeux vers Bertille. Elle venait en trois secondes de chausser son masque des jours tristes. Le garçon essayait de maîtriser son émotion. Avant qu'il n'ait pu ajouter quoi que ce soit, deux grosses larmes, épaisses, vinrent embuer ses yeux, sans couler. Chacun fut trahi par des gestes qui tentaient de favoriser le contrôle de soi. Les mains de Harry, bras le long du corps, malaxaient un bout de tissu virtuel. Bertille fronçait les sourcils, pour essayer de bloquer les canaux lacrymaux. Et moi, j'avais porté une main vers mon front, grande ouverte, le pouce et le majeur massant chacun une tempe. Ce geste bien inconscient me venait quand j'étais face à un problème dont je n'avais aucune idée de solution.

« Bien sûr que si, vous avez fait ! dit Harry. J'ai vraiment passé trois jours très agréables avec vous. Je suis désolé de vous avoir amené des soucis avec mes histoires de chien, de mère et de rugby.

-Mais non ! Tu ne nous as… »

Harry m'empêcha de continuer, parti pour dérouler un discours longtemps réfléchi :

« Je ne suis pas malheureux. Je suis triste ce soir parce que le séjour se termine. Mais je ne suis pas malheureux. C'est difficile pour vous de le croire. Vous vous dites « Il a perdu son père, son chien, sa mère ne lui laisse pas de liberté ». C'est vrai. Mais je sais que le temps va arranger tout ça. Pour Tommy, je pense que j'ai eu beaucoup moins de peine que vous. Pour le rugby, je suis sûr que ça va s'arranger. Ma mère est une femme ! Elle va changer ! »

Il a affirmé cela avec un sourire malicieux qui a détendu tout le monde. Pas pour longtemps. Il marqua un temps d'arrêt, et perdit son sourire. Et eu peine à reprendre.

« Mais pour mon père…c'est plus difficile. » Il lâcha ces mots en éclatant en sanglots. Bertille relâcha le contrôle des larmes. Elle les laissa s'écouler et s'approcha du gamin qu'elle serra fortement dans ses bras, lui déposant un doux baiser sur le crâne. Le garçon enserra ma femme. J'avais les tempes broyées par mes doigts. Je resserrai pouce et majeur vers le creux de mes yeux, mouillés.

Sans quitter sa position, Harry continua, sur un ton nettement apaisé.

« Je peux vous demander quelque chose ?

-Bien sûr ! répondîmes nous en chœur !

-Quand je serai reparti, ne m'écrivez pas. Ne m'appelez pas. Attendez que je vous donne des nouvelles moi-même, OK ?

Il s'était écarté de Bertille à la fin de sa demande pour recevoir notre accord. Ne voyant pas le problème d'attendre un premier contact pour y répondre, nous avons accepté.

-C'est d'accord, dit Bertille. Nous attendrons de tes nouvelles.

-OK, confirmai-je.

Le bruit d'une cavalcade dans les escaliers mit fin à cette scène d'adieu. Je m'avançai vers la grande salle, pour bloquer les arrivants et laisser le temps à Harry et Bertille de se remettre. Tout en me demandant comment occuper le temps d'attente pour le repas. Paul vint à mon secours :

« Voulez-vous voir des photos de notre collège ? J'en ai dans mon téléphone.

-Bonne idée, dis-je. On va le connecter à la télé, ce sera mieux pour les voir ensemble.

-Ne m'attendez pas, dit Bertille. Je prépare le repas. Je viendrai jeter un œil de temps en temps. »

Paul marqua un temps d'arrêt, prit un air soucieux, et me demanda gravement, à voix mi-basse :

« Je n'ai pas compris. Bertille a dit qu'elle jette son œil ? »

J'ai souri.

« Ça veut dire regarder rapidement, c'est une expression française. Tu ne peux pas la traduire avec les mêmes mots. C'est comme « retourner son nez. » Et j'ai immédiatement regretté de m'embarquer dans cet autre exemple, ayant trop vite oublié que Paul n'était pas du genre à laisser tomber quand un sujet lui échappait.

« Retourner son nez ? Ow ! C'est quand on fait la bagarre ?

-Non non ! Cela veut dire que l'on n'est pas content. Mais qu'on ne le dit pas. Mais ça se voit quand même sur le visage. Paul était bon élève. Et plutôt mauvais camarade. En tout cas avec Lawrence. Il prouva qu'il avait bien compris :

« Je comprends ! C'est comme Lawrence avec Daisy au téléphone. J'ai vu à son visage qu'il n'était pas content, mais il n'a rien dit. »

Lawrence, qui n'avait rien demandé à personne, ne saisissait pas le fond de la conversation. Il avait quand même l'oreille suffisamment éveillée pour entendre « Lawrence » et « Daisy » de la bouche de son copain, prénoms prononcés sans accent dans sa langue maternelle. Il ne put s'empêcher de demander en anglais des explications. Lawrence, en toute simplicité, lui expliqua. En toute simplicité, j'en aurais été bien incapable. Pas lui. Je n'ai aucune idée de comment il s'en est sorti, mais Lawrence a conclu en s'excusant en français :

« Je m'exquiouse, je n'avais pas compris ».

Harry avait profité de ces échanges pour s'éclipser dans sa chambre.

La série de photos relatives au collège était d'un

intérêt voisinant zéro. Je m'efforçais de reconstituer l'architecture des bâtiments, à partir des images qui apparaissaient à l'écran à un rythme donnant la nausée. Exercice d'autant plus difficile que toutes les photos étaient des selfies.

« Tu n'as pas de photo prise à l'intérieur ? demandai-je

-Ow ! Non, c'est interdit ! répondit-il ».

Puis, après un temps d'hésitation, il osa :

« J'en ai seulement une mais on ne voit pas bien. »

Il ferma le fichier des photos du collège, et bidouilla quelques secondes avant de faire apparaître l'image d'une jeune femme, en tailleur bleu marine, de dos dans un couloir. En plus d'être floue, la photo était mal cadrée et de travers. Preuve qu'elle était volée. Lawrence s'éveilla à la vue de l'écran. J'oserai même dire s'excita. Sa réaction me fit comprendre que le modèle devait être la jeune prof dont tous les collégiens étaient fous amoureux. Et la brève mise au point, en anglais, de Paul à Lawrence, signifiait que le fait d'avoir osé prendre une photo à l'intérieur du collège était gravissime. Je ne compris que par le ton et les gestes le contenu de l'avertissement de Paul à Lawrence. Mais je suis

pratiquement sûr qu'il lui a dit l'équivalent de :
« Si tu parles à qui que ce soit de cette photo, je te
pourris la vie jusque la fin de tes jours »
Lawrence baissa les yeux, mit une main à plat sur
sa poitrine, et sortit un mot qui devait dire :
　　　« Juré !»
Le visage de Paul redevint serein, mais on sentait
bien qu'il venait de vivre un moment difficile.
Bertille s'est pointée juste après.
　　　« As-tu　des　photos　de　ta　copine ? »
demanda-t-elle.
Je m'attendais à ce que Paul fût pris au dépourvu.
Du tout.
　　　« Ow ! Oui, merci ! »
Et en trois mouvements de pouces il fit apparaître
la photo de sa bien-aimée.　Mignonne n'était pas
vraiment le qualificatif adapté. Disons qu'elle
avait l'air gentille. Bien gentille même. Ou était-
ce la qualité de la photo qui ne représentait pas
bien la réalité ? Était-ce dû à des cheveux raides
couleur improbable, ou les yeux, petits derrière
les verres de myope, ou le nez, bien dessiné mais
hors　proportion ?　La　bouche　peut-être,
entrouverte pour un sourire qui ne la servait pas,
comme　la　persienne　d'une　devanture　de
quincaillerie ? Ou tout ça ensemble ? Bertille fit

preuve d'un culot que je n'avais pas :

« Ouaow ! Elle est jolie !

-Merci ! » répondit Paul, fier de sa conquête. Il était temps de passer à autre chose, Bertille m'ayant lancé un regard amusé qui risquait de me faire basculer dans un fou-rire.

« Et toi, Lawrence, as-tu une photo de ta copine ? »

Le jeune en retrait ne se démonta pas, et sortit son smartphone pour nous présenter Daisy. Cette fois, je pris le relai pour laisser échapper un « Ouaow ! » sans avoir à me forcer. La Lolita posait avec un regard qui laissait penser que Lawrence ne finirait pas le mois avec cette fiancée. Rousse du plus beau roux, elle portait un haut en broderie anglaise, très ouvert sur les épaules. Et laissait deviner des seins que plus d'une femme de quarante ans aurait pu lui envier. Ah ! La broderie anglaise ! Belle invention. Ça semble tout sage, mais les multiples trous laissés dans le tissu m'ont toujours fait de l'effet. J'ajoutai, pour satisfaire tout le monde :

« Elle aussi est très jolie ! Et bien ! Vous en avez de la chance ! »

Ma seule intention était de les remettre sur un pied d'égalité. Bertille et les garçons ne l'ont pas entendu de cette oreille. Je l'ai compris tout de suite à l'air hébété de ma femme, et à la remise en place de Paul :

« Mais vous aussi en France vous avez de jolies filles. Bertille est très belle.

-Bien sûr, répondis-je. Mais pour moi, elle est hors compétition. » Et je lui ai déposé un doux baiser sur le front, qui déclencha les applaudissements des deux garçons.

« Allez, mettez la table, c'est presque prêt » conclut Bertille ravigotée.

Ce dernier repas fit encore l'unanimité : escalopes panées de veau et pommes de terre frites au beurre dans une poêle, avec des oignons. Et pour finir en beauté, mayonnaise et ketchup. L'ambiance était quand même morose. Dimanche soir oblige. Fin de séjour oblige. Quand la salade de fruits du dessert fut servie, je leur annonçai que je ne les verrai pas le lendemain matin, ayant à partir de très bonne heure pour un déplacement à Reims à la journée.

« C'est Bertille qui vous conduira, comme les autres jours. J'espère que vous garderez un bon souvenir de votre séjour chez nous ?

« Très très bon, merci ! dit Paul.

Nous avons eu beaucoup de chance de venir chez vous. Vous êtes siouper !

-Merci, ajouta Lawrence, qui avait compris le thème de cet échange. Vous êtes très bon tous les deux !

Harry, bien conscient des relations privilégiées qu'il avait eues avec nous, se contenta d'un « merci beaucoup » qui en disait beaucoup plus long.

Je voulais abréger cette scène avant qu'elle ne vire au mélodrame, le visage de Bertille trahissant une émotion qui, si rien n'était fait, commencerait à lui faire vibrer le menton dans les dix secondes. «Nous avons passé trois jours formidables. Excusez-moi, mais je dois me coucher tôt : demain je me lève à quatre heures. Nous avons eu beaucoup de chance de tomber sur vous».

J'aurais dû y penser. Mieux chercher mes mots. Paul a pris un air inquiet. Pas triste comme on aurait pu le comprendre au vu des circonstances. Inquiet. Et de demander :

« Vous êtes tombés ? Quand êtes vous tombés ? Ce n'est pas de la chance ! »

L'effet de détente fut immédiat. J'en profitai pour me lever :

« Bertille va t'expliquer, Paul. Vous pouvez rester encore un peu, mais moi je vais me coucher. Bonne nuit !»

Sans rien ajouter, sans un geste, je suis sorti de la salle. Bertille avait compris qu'il était préférable de ne pas prolonger ce moment de séparation. J'eus droit à un « Bonne nuit », par le quatuor à l'unisson. Elle embraya de suite sur les explications de « tomber sur vous ».

23

Les déplacements professionnels que je devais honorer étaient rares. Celui-ci tombait plutôt bien. Lâchement sans doute, je ne tenais pas à assister à une scène d'adieux qui m'aurait tiré des larmes. J'avais dû me lever tôt, ayant à assurer le ramassage de deux collègues avant de prendre l'autoroute pour Reims. J'écoutai distraitement leur conversation sur les incohérences dans l'organisation de notre travail, les yeux souvent attirés par l'horloge du tableau de bord. Sept heures : ils doivent être levés, maintenant. Sept heurs trente : ils quittent notre domicile. Le départ de l'autocar est fixé à huit heures. Huit heures, on y est. La prostate d'Yves me vint providentiellement en aide à huit heures quinze.

        « Si tu peux t'arrêter à cette station, je dois passer aux toilettes » demanda-t-il.

        -Pas de problème. On n'est pas en retard. »

A peine avais-je coupé le moteur que mon téléphone a sonné. Bertille. Je suis sorti précipitamment, sans même m'excuser. Sa voix était faible, mais elle arrivait à s'exprimer sans pleurer :

« Ça y est. Ils viennent de partir !

-Ça s'est bien passé ?

-Oui. Ils ont été très touchés par les mots que tu a leur laissés. »

J'avais écrit en français sur trois feuilles de couleur différentes un petit message, identique pour chacun, mais personnalisé avec le prénom en en-tête. Je les remerciais pour les bonnes journées passées ensembles, leur souhaitais bon vent, et les invitais à revenir quand ils le voulaient.

« Pas trop dur sur le parking du bus ? demandai-je

-Ça pleurait de partout. J'étais avec les dames que je commence à connaître. Et Paul nous a laissées sur un fou-rire. Il est revenu vers moi après un n-ième adieu, et a dit dans un grand silence :

« J'aimerais encore vous baiser une fois avant de partir !

-C'est bien lui !

-J'avoue que je suis pour une fois contente de partir au travail un lundi matin, dit elle tristement.

-Je dois y aller, bon courage, chérie. Je t'aime.

-Je t'aime, répondit-elle. A ce soir. »

24

« T'inquiète ! Ça va aller ! Qu'est-ce qu'il peut t'arriver ? »

Voila dix fois que je tentais de rassurer Bertille. Elle était habillée comme pour aller à la noce. Inquiète, mais excitée comme jamais :

« Au boulot, elles vont être vertes, les collègues ! Combien de temps ça dure, déjà ?

« Deux fois quarante minutes. Ça va passer très vite. Tu as les places, tu es sûre ? Et le pass VIP pour le parking ?

-Oui oui, tout est dans mon sac. »

De fait, nous parvînmes au parking souterrain sans aucun problème, dépassant sur la file dédiée les dizaines de voitures des quidams qui pestaient tous contre celui devant. Et à la sortie de voiture, une hôtesse nous a conduits vers un ascenseur qui menait directement à la tribune d'honneur. Tapis rouge. Contrôle des sacs et des billets.

« Veuillez attendre quelques instants, s'il vous plaît ! dit le bel homme, habillé aussi comme pour un réveillon.

Bertille fit une rechute de

négativisme : « Tu crois qu'il y a un problème ?
J'en étais sûre, c'était une blague. »

« Eh ! Cool ! Regarde le buffet ! Et
là bas, c'est Jean-Jacques Goldman, j'en suis
sûr ! Avec… »
Le contrôleur revint vers nous, accompagné d'une
femme très élégante.

« Monsieur et madame Tücher ! » lui
dit-il.
Elle se présenta :

« Linda Chiltern. Ravie de vous
rencontrer.
Trois semaines auparavant, nous avions reçu
d'Angleterre une lettre de Harry. Il avait attendu
plus de neuf ans pour nous donner de ses
nouvelles. Va sans dire que nous ne pensions plus
du tout à lui. Nous avions longtemps guetté le
facteur et nos sms après le départ des trois
anglais. Puis nous nous étions faits à l'idée que le
temps passant ne resteraient que des souvenirs.
Dans l'enveloppe postée à Londres, deux billets
pour la finale au Stade de France, s'il vous plait,
du tournoi de rugby : France-Angleterre. Avec un
pass vip pour le parking. Et une feuille
manuscrite.

Chère Bertille, Cher Jacques.

Il y a presque dix ans, vous m'avez accueilli pour un bref séjour scolaire en France. Je garde de ce passage chez vous un souvenir inoubliable. Vous avez contribué à faire ce que je suis aujourd'hui : un homme heureux. A mon retour à Londres, ma mère avait contacté le club de rugby de mon quartier pour m'y inscrire. Et comme j'avais quelques dispositions pour attraper la balle, j'ai pu au fil des ans accéder au niveau où je suis aujourd'hui. Me voici sélectionné dans le prestigieux XV de la rose, ailier de l'équipe d'Angleterre.

J'espère que vous passerez une bonne après midi au Stade de France.

Je vous embrasse (pas de nouvelles de Paul ?...)

Harry

***

Novembre 2016

Il y a eu la plume, d'oie, puis en métal, puis le stylo bille, et maintenant le clavier d'ordinateur.

Le résultat est propre, immédiat, corrigible à souhait sans gomme et sans tâche. Beau progrès !

On peut lire sur un écran, mais rien ne vaut un bon livre papier, qu'on sent, qu'on touche, qu'on emporte, qu'on prête.

Le hasard, presque, a fait que j'ai trouvé, un site Internet qui permet de passer du numérique au livre que vous avez dans les mains. En un rien de temps, on y transforme la version informatisée en la version imprimée agréable à utiliser. Et commode à partager.

Si ces pages vous ont plu, si vous souhaitez disposer d'un autre exemplaire, faites m'en part.

J.P. Delecourt, juillet 2019

Edition : Books on Demand,
12/14 rond-Point des Champs-Elysées, 75008 Paris
Impression : BoD - Books on Demand, Norderstedt, Allemagne
ISBN : 9782322157839
Dépôt légal : Septembre 2019

FSC

www.fsc.org

MIXTE

Papier issu
de sources
responsables
Paper from
responsible sources

FSC® C105338